Polyglott-Reiseführer

USA
Der Osten

Ken Chowanetz

Polyglott Verlag München

Mini-Dolmetscher Amerikanisches Englisch

Allgemeines

Guten Morgen.	Good morning. [gud **mohr**ning]
Guten Tag. (nachmittags)	Good afternoon. [gud äfter**nuhn**]
Hallo!	Hi! [hai]
Wie geht's?	How are you? [hau **ahr**˷ju]
Danke, gut.	Fine, thank you. [**fain**, **θänk**˷ju]
Ich heiße ...	My name is ... [mai **nehm**˷is]
Auf Wiedersehen.	Bye-bye. [baibai]
Morgen	morning [**mohr**ning]
Nachmittag	afternoon [äfter**nuhn**]
Abend	evening [**ihw**ning]
Nacht	night [nait]
morgen	tomorrow [tu**morr**oh]
heute	today [tu**deh**]
gestern	yesterday [**jes**terdeh]
Sprechen Sie Deutsch?	Do you speak German? [du˷ju spihk **dseh**öhrmən]
Wie bitte?	Pardon? [**pahr**dn]
Ich verstehe nicht.	I don't understand. [ai **dohnt** ander**ständ**]
Würden Sie das bitte wiederholen?	Would you repeat that please? [wud˷ju ri**piht** ðät, **plihs**]
bitte	please [**plihs**]
danke	thank you [**θänk**˷ju]
Keine Ursache.	You're welcome. [johr **wäll**kamm]
was / wer / welcher	what / who / which [wott / huh / witsch]
wo / wohin	where [**wäər**]
wie / wie viel	how / how much [hau / hau **matsch**]
wann / wie lange	when / how long [**wänn** / hau **long**]
Wie heißt das?	What is this called? [**wott**˷is ðis **kohld**]
Wo ist ...?	Where is ...? [**wäər**˷is ...]
Können Sie mir helfen?	Can you help me? [kän˷ju **hälp**˷mi]
ja	yes [**jäss**]
nein	no [noh]
Entschuldigen Sie.	Excuse me. [iks**kjuhs** mi]

Sightseeing

Gibt es hier eine Touristeninformation?	Is there a tourist information? [is˷ðər˷ə **tuə**rist infər**meh**schn]
Haben Sie einen Stadtplan / ein Hotelverzeichnis?	Do you have a city map / a list of hotels? [du˷ju häw˷ə **ßi**ti mäpp / list˷əw hoh**tälls**]
Welche Sehenswürdigkeiten gibt es hier?	What are the local sights? [**wott**˷ahr ðə **lohk**l **ßai**ts]
Wann ist ... geöffnet?	When are the opening hours of ...? [**wänn**˷ahr ði **ohp**ning auers əw ...]
das Museum	the museum [ðə mju**si**həm]
die Kirche	the church [ðə **tschöhr**tsch]
die Ausstellung	the exhibition [ði egsi**bi**schn]
Wegen Restaurierung geschlossen.	Closed for restoration. [**klohsd** fər rästə**rehsch**n]

Shopping

Wo gibt es ...?	Where can I find ...? [**wäər** kən˷ai **faind** ...]
Wieviel kostet das?	How much is this? [**hau**˷matsch is˷ðis]
Das ist zu teuer.	This is too expensive. [ðis˷is **tuh** iks**pänn**ßiw]
Das gefällt mir (nicht).	I like it. / I don't like it. [ai **laik**˷it / ai **dohnt laik**˷it]
Gibt es das in einer anderen Farbe / Größe?	Do you have this in a different color / size? [du˷ju **häw**˷ðis in˷ə **diffr**ənt **kall**er / **ßai**s]
Ich nehme es.	I'll take it. [ail **tehk**˷it]
Wo ist eine Bank?	Where is a bank? [**wäər**˷is ə˷**bänk**]
Ich suche einen Geldautomaten.	I am looking for an ATM. [aim **luck**ing fər˷ən **äti**hem]
Geben Sie mir zwei Pfund (ca. 900 g) Pfirsiche / Tomaten.	Could I have two pounds of peaches / of tomatoes. [kud˷ai häw **tuh paunds**˷əw **piht**schis / tə**mäi**tohs]
Haben Sie deutsche Zeitungen?	Do you have German newspapers? [du˷ju häw **dseh**öhrmən **nuhs**pehpers]
Wo kann ich telefonieren / mit meiner (Telefon-) Kreditkarte?	Where can I make a phone call / with my credit card? [**wäər** kən˷ai **mehk**˷ə **fohn**˷kohl / wið mai **krädit**˷**kahrd**]

Notfälle

German	English [pronunciation]
Ich brauche einen Arzt / Zahnarzt.	I need a doctor / a dentist. [ai **nihd‿ə dock**ter / ə **dänn**tist]
Rufen Sie bitte einen Krankenwagen / die Polizei.	Please call an ambulance / the police. [**plihs** kohl ən‿**ämm**bjuləns / ðə pəlihs]
Wir hatten einen Unfall.	We've had an accident. [wihw **häd** ən‿**äck**Bidənt]
Wo ist das nächste Polizeirevier?	Where is the nearest police station? [**wäər‿**is ðə **niər**əst pəlihs stehschn]
Ich bin bestohlen worden.	I have been robbed. [ai haw bihn **robb**d]
Mein Auto ist aufgebrochen worden.	My car has been broken into. [mai **kahr** həs bihn **brohk**ən **inn**tu]

Essen und Trinken

German	English [pronunciation]
Die Speisekarte, bitte.	The menu please. [ðə **männ**ju plihs]
Brot	bread [bräd]
Kaffee	coffee [**koff**i]
Tee	tea [tih]
mit Milch / Zucker	with milk / sugar [wið‿**milk** / **schugg**er]
Orangensaft	orange juice [**orr**əndseh‿dsehuhs]
Mehr Kaffee, bitte.	Some more coffee please. [Bəm‿mohr **koff**i plihs]
Suppe	soup [Buhp]
Fisch	fish [fisch]
Meeresfrüchte	seafood [**Bih**fud]
Fleisch	meat [miht]
Geflügel	poultry [**pohl**tri]
Beilage	sidedish [**Baid‿**disch]
vegetarische Gerichte	vegetarian food [wädsehətäriən fud]
Salat	salad [**Bäl**əd]
Dessert	dessert [di**söhr**t]
Obst	fruit fruht]
Eis	ice cream [ais **krihm**]
Wein	wine [wain]
weiß / rot / rosé	white / red / rosé [wait / räd / **roh**seh]
Bier	beer [bir]
Aperitif	aperitif [ə**pärr**ətihf]
Wasser	water [**woh**der]
Mineralwasser	mineral water [**minn**rəl wohder]
mit / ohne Kohlensäure	sparkling / still [**spahrk**ling / still]
Limonade	lemonade [lämmə**nehd**]
Frühstück	breakfast [**bräck**fəst]
Mittagessen	lunch [**lannt**sch]
Abendessen	dinner [**dinn**er]
ein Imbiss	a snack [ə‿**B**näck]
Ich möchte bezahlen.	The check, please. [ðə **tscheck,** plihs]
Es war sehr gut / nicht so gut.	It was very good / not so good. [it‿wəs **wärr**i gud / nott‿ßoh **gud**]

Im Hotel

German	English [pronunciation]
Ich suche ein gutes / nicht zu teures Hotel.	I am looking for a good / not too expensive hotel. [aim **luck**ing fər‿ə **gud** / **nott** tu ick**spänn**ßiw hoh**täll**]
Ich habe ein Zimmer reserviert.	I have booked a room. [ai həw **buckt** ə **ruhm**]
Ich suche ein Zimmer für ... Personen.	I am looking for a room for ... persons. [aim **luck**ing fər‿ə **ruhm** fər ... **pöhr**ßns]
Mit Dusche.	With shower. [wið **schauə**r]
Mit Balkon / Blick aufs Meer.	With a balcony / overlooking the sea. [wið‿ə **bälk**əni / **oh**werlucking ðə **B**ih]
Wieviel kostet das Zimmer pro Nacht?	How much is the room per night? [**hau‿**matsch is ðə ruhm pər‿**nait**]
Mit Frühstück?	Including breakfast? [in**kluh**ding **bräck**fəst]
Kann ich das Zimmer sehen?	Can I see the room? [kən‿ai **B**ih ðə ruhm]
Haben Sie ein anderes Zimmer?	Do you have another room? [du‿ju **häw** ənaðer ruhm]
Das Zimmer gefällt mir (nicht).	I like the room. / I don't like the room. [ai **laick** ðə ruhm / ai **dohnt** laick ðə ruhm]
Kann ich mit Kreditkarte bezahlen?	Do you accept credit cards? [du‿ju əck**Bäpp**t **kräd**it‿kahrds]
Wo kann ich parken?	Where can I park the car? [**wäər** kən‿ai **pahr**k ðə **kahr**]
Können Sie das Gepäck in mein Zimmer bringen?	Could you bring the baggage to my room? [kud‿ju **bring** ðə **bägg**idsch tə‿mai **ruhm**]
Haben Sie einen Platz für ein Zelt / einen Wohnwagen / ein Wohnmobil?	Is there room for a tent / a camper / a motor home? [is‿ðər **ruhm** fər‿ə **tänt** / ə **kämp**er / ə **mout**ər houm]
Wir brauchen Strom / Wasser.	We need electricity / water. [wi **nihd** iläck**triss**əti / **woh**der]

INHALT

Allgemeines

Editorial	S. 7
Die alte Sehnsucht nach der Neuen Welt	S. 8
Geschichte im Überblick	S. 14
Kultur gestern und heute	S. 16
Essen und Trinken	S. 20
Urlaub aktiv	S. 22
Unterkunft	S. 24
Reisewege und Verkehrsmittel	S. 26
Praktische Hinweise von A–Z	S. 92
Register	S. 95

Städtebeschreibungen

New York – Das Tor zur Neuen Welt — S. 28

Die eigenwillige Metropole am Hudson River ist für viele Besucher die faszinierendste Stadt der Welt.

Washington D.C. – Das Zentrum der Macht — S. 36

In der europäisch anmutenden Hauptstadt Amerikas kann man Politik hautnah erleben und einige der interessantesten Museen des Landes besuchen.

Chicago – Die Stadt der Superlative — S. 42

Neben beeindruckender Architektur bietet die Stadt der Wolkenkratzer hübsche Parks, hochkarätige Museen und eine der berühmtesten Einkaufsstraßen Amerikas.

New Orleans – Ein Cocktail aus purer Lebensfreude — S. 48

Das legendäre French Quarter und die unbekümmerte, mitreißende Lebensart der Bewohner haben die Hauptstadt Louisianas zu einem der reizvollsten Reiseziele der USA gemacht.

INHALT

Routen

Route 1 — Der Sonne entgegen — S. 54

Auf der Fahrt von New York entlang der Ostküste nach Miami erlebt man u. a. eine Reise in die amerikanische Geschichte, die Heimat von Mickey Mouse und viele herrliche Strände.

Route 2 — Wasserrauschen und Motown-Sound — S. 68

Von New York aus geht es durch das romantische Neuengland, über die Großen Seen mit den beeindruckenden Niagarafällen bis nach St. Louis, dem Tor zum Westen.

Route 3 — Südstaatenidylle pur — S. 81

Herrschaftliche Plantagen, die Geburtsorte von Rock 'n' Roll und Country-Musik und die Olympiastadt Atlanta: Diese Route präsentiert die besten Seiten des Grand Old South.

Bildnachweis

Alle Fotos Manfred Braunger außer: APA Publications/Mark Read: 23/3; Archiv für Kunst und Geschichte: 15/1-2, 17/3; Ken Chowanetz: 19/1, 75/3, 87/1, Umschlag hinten (2); Great Lakes/Ratingen: 77/1; Bernd F. Gruschwitz: 47/2; Volkmar Janicke: 7/1, 17/2, 21/2, 45/3, 51/2, 61/1+3, 63/2, 65/2, 71/1, 75/1, 81/3; Markus Kirchgeßner: 23/1-2; Sabine von Loeffelholz: 6, 9/1, 13/2, 17/1, 25/2, 27, 29/1-3, 33/1-3, 35/1-3, 37/1, 63/1; Karl Teuschl: 53; Bavaria Bildagentur/Messerschmid: Umschlag (Bild); Superbild/Bernd Ducke: Umschlag (Flagge).

Editorial

In den Appalachen

Das viel bemühte Klischee vom Land der Gegensätze – auf den Osten der USA trifft es uneingeschränkt zu. Kunststück: In dem Riesengebiet, das alle US-Bundesstaaten östlich des Mississippi umfasst, gibt es ein breites Spektrum an landschaftlichen, historischen und kulturellen Besonderheiten. Hier konnten, mussten sich die einzelnen Regionen auf unterschiedliche Art und Weise entwickeln. So entstand ein All-You-Can-See-Menü für den Besucher aus Übersee, der in einem Urlaub kaum das ganze Angebot der Oststaaten unterbringen kann: vom quirligen Stadtleben in New York oder Washington über die Südstaatenidylle à la New Orleans oder bis hin zum sonnigen Florida. Nicht zu vergessen die Neuenglandstaaten, deren farbenprächtiger Indian Summer im Herbst eine eigene Reise wert ist, die spektakulären Niagarafälle, den mächtigen Mississippi, die Everglades, und, und, und.

Skyline von Detroit

Die mit mancherlei Tragödien behaftete Geschichte der Vereinigten Staaten liegt dabei offen wie ein Bilderbuch vor dem Reisenden. Aus unscheinbaren Siedlungen rund um Jamestown und Williamsburg in Virginia entstanden die britischen Kronkolonien, die sich erfolgreich gegen das Mutterland auflehnten und sich keine 100 Jahre später – um weitere Bundesstaaten erweitert – in einem blutigen Bürgerkrieg wiederfanden. Bei der Reise reift neben vielen Einsichten ganz besonders die, dass die Amerikaner diesen großen Konflikt noch lange nicht verarbeitet haben.

Blauer „Modern Head" von Roy Lichtenstein vor dem World Financial Center in New York

Der Autor

Ken Chowanetz, geboren 1966, hat 1989 sein Herz an Amerika verloren. Seitdem reist der stellvertretende Chef vom Dienst einer deutschen Tageszeitung mindestens dreimal jährlich in die Vereinigten Staaten. Über sein Traumziel berichtete er in Wort und Bild für mehrere Zeitungen, Zeitschriften und Reiseführer.

Die alte Sehnsucht nach der Neuen Welt

Für Statistiker ist die Sache einfach: Der Osten der USA, also jenes Gebiet östlich des Mississippi, umfasst mehr als die Hälfte aller Bundesstaaten und belegt knapp ein Viertel der US-amerikanischen Landfläche. Nicht in Zahlen ausdrücken lässt sich jedoch die wirtschaftliche, kulturelle und politische Bedeutung der Region.

Wiege der USA

Fest steht, dass die westlichen US-Bundesstaaten weder der politischen Weltmachtzentrale Washington etwas entgegenzusetzen haben noch der New Yorker Wall Street, dem unumstrittenen Finanzplatz Nr. 1. Und auch für die besten Museen des Landes, allen voran das Metropolitan Museum of Art in New York (s. S. 33), die Smithsonian Institution in Washington (s. S. 38) und das Art Institute of Chicago (s. S. 44) gibt es – pardon Los Angeles, pardon San Francisco – im westlichen Amerika kein Äquivalent. Ebenso wenig hat der Westen trotz eigener Elite-Universitäten der legendären Ivy League, dem Verbund der renommiertesten Kaderschmieden im Osten der Vereinigten Staaten, etwas Vergleichbares entgegenzusetzen. Dieses Ungleichgewicht kommt natürlich nicht von ungefähr. Der Osten ist die Wiege der Vereinigten Staaten, das Gebiet, in dem sich die britischen, spanischen, französischen und holländischen Siedler ihren Traum von einer Neuen Welt erfüllten. Der Mississippi bildet dabei mehr als nur eine willkürliche Grenze. Lange war das Gebiet westlich des mächtigen Flusses für das junge Amerika *terra incognita*, unbekanntes Land.

In den Gründerjahren hatte der Osten genug mit sich selbst zu tun. Die ehemaligen britischen Kronkolonien fochten den Unabhängigkeitskrieg mit dem Mutterland aus, gaben sich selbst eine Verfassung, entzweiten sich dann nicht einmal 100 Jahre später aufgrund wirtschaftlicher Differenzen, insbesondere aber wegen der Einstellung zur Sklavenhaltung. Präsident Abraham Lincoln konnte die Einheit des Landes nur um den Preis eines blutigen Bürgerkrieges wiederherstellen.

Riesiger Osten

Selbst für ein Land der Superlative ist Amerikas östlicher Teil riesig: Das Gebiet, das im Norden von den Großen Seen und von Kanada, im Osten vom Atlantik, im Süden vom Golf von Mexiko und im Westen vom Mississippi begrenzt wird, bedeckt mit 2,35 Mio. km² ein Viertel der gesamten Staatsfläche der Vereinigten Staaten.

Lage und Landschaft

Seiner Größe angemessen, präsentiert sich der amerikanische Osten äußerst abwechslungsreich. Drei Großlandschaften dominieren die Region: die Küstenebenen am Atlantik und am Golf von Mexiko, die Appalachen, ein ganzen Osten durchziehendes, parallel zur Küste verlaufendes Mittelgebirge, und der Kanadische Schild, auch Laurentinisches Plateau genannt, der von Kanada bis in das Gebiet der Großen Seen reicht.

Im nordöstlichen Teil der Küstenebene befindet sich mit Boston, New York, Philadelphia und Washington das größte urbane Ballungszentrum der Welt. An den Großen Seen liegt mit Chicago, Detroit und Cleveland eine weitere Konzentration von Großstädten. Dies ist zum einen historisch bedingt durch die ideale Lage an den amerikanischen Handelswegen, zum

DIE ALTE SEHNSUCHT NACH DER NEUEN WELT

anderen aber auch durch reiche Kohle-, Eisenerz- und Erdölfunde, die im nördlichen Teil der Appalachen das erste Schwerindustriegebiet Nordamerikas entstehen ließen.

Der Osten Amerikas verfügt über drei große Küstenregionen. Entlang des Atlantiks bestimmen tief eingeschnittene Buchten, Inseln, Halbinseln und vorgelagerte Sandbänke, die die Wucht der regelmäßig wiederkehrenden Meeresstürme mindern, die Szenerie. Die zweite befindet sich am größten Süßwasserareal der Welt, den Großen Seen, die sich die USA mit Kanada teilen. Sie sind mit einer Fläche von 245 000 km² beinahe so groß wie die alten Bundesländer Deutschlands. Am warmen Golf von Mexiko schließlich ist das riesige Mississippidelta das Zentrum der dritten Küstenlinie. Mitunter taucht auch der Begriff „vierte Küste" auf, womit die Ufer des 3800 km langen Mississippi gemeint sind.

Die „rolling hills" des Appalachenvorlandes westlich der Atlantikküste sind ein fruchtbares Anbaugebiet für die Winzer in Virginia und die Farmer von Georgia. Die 2600 km langen Appalachen steigen in ihrem Verlauf bis auf 2000 m Höhe an, am höchsten hinauf geht es in den *White Mountains* von New Hampshire (höchster Berg: Mount Washington mit 1917 m) und in den *Blue Ridge Mountains,* bei denen der Mount Mitchell in North Carolina mit

Herzlich Willkommen in der Neuen Welt

Warten auf den Hurricane

Auch das Leben im Paradies hat einen Haken. Selbst wenn jeden Tag die Sonne scheint, schauen die Bewohner von Miami im Spätsommer und Frühherbst mit besonderer Aufmerksamkeit den lokalen Wetterbericht an. Dass mit den Wirbelstürmen, deren Wegstrecken klimatisch bedingt genau über den Sunshine State führen, nicht zu spaßen ist, zeigte sich zuletzt 1992, als *Hurricane Andrew* zwar knapp an Miami vorbeizog, in den Vororten aber Milliardenschäden anrichtete. Allerdings sind Stürme vom Ausmaß Andrews eher die Ausnahme und werden durch Frühwarnsysteme rechtzeitig angekündigt. Wenn Andrews Nachfolger dem Sunshine State seine Aufwartung machen, werden betroffene Gebiete evakuiert. Das geschieht über die Hurricane-Routes, deren blaue Schilder in den Küstenorten allgegenwärtig sind.

Polyglott **9**

DIE ALTE SEHNSUCHT NACH DER NEUEN WELT

2037 m die höchste Erhebung im gesamten Osten der USA darstellt. Durchzogen werden die Appalachen von den relativ kleinen, nach Osten fließenden Flüssen Hudson, Delaware und Potomac. Sowohl der in den Mississippi mündende Ohio als auch sein Nebenfluss Tennessee sind mit 1570 km bzw. 1660 km jeweils länger als der Rhein.

Die Gegend um New Orleans und vor allem Florida wird bestimmt durch große Sumpfgebiete. Durch das Eingreifen des Menschen ist die größte und bekannteste Sumpflandschaft, die Everglades im Süden Floridas, in höchster Gefahr auszutrocknen.

> **Bittere Folgen**
>
> Am Mississippi haben sich die ständigen Flussbegradigungen bereits gerächt. Regelmäßig werden die Städte am Delta von Überschwemmungen heimgesucht.

Klima und Reisezeit

Da die Appalachen in Nord-Süd-Richtung verlaufen, kommen sie nicht als Klimascheide zwischen dem kühleren Norden und dem wärmeren Süden in Frage. Das Fehlen einer West-Ost-Klimaschranke führt zum Austausch von tropischer Luft aus dem Südwesten und polarer Luft aus dem Nordosten. Diese Mischung sorgt im Osten der USA – wie in weiten Teilen des Landes – für gemäßigtes Klima mit heißen Sommern und kalten Wintern. Gleichzeitig fehlt eine natürliche Barriere gegen die tropischen Stürme aus dem Süden, die sich als Hurricanes beinahe ungehindert über den Küstenregionen des Landes bewegen.

Eine Schweiß treibende Ausnahme vom sonst vorherrschenden Klima ist der subtropische Süden, dessen Schwüle besonders im Hochsommer schier unerträglich scheint. Der südliche Bundesstaat Florida wiederum ist mit Strandtemperaturen während des gesamten Jahres gesegnet. Die strengen Winter im Norden, insbesondere in Chicago und St. Louis, sind legendär.

Als Reisetermin bietet sich die Zeit zwischen Ende Mai und Anfang Oktober an. Die amerikanische Hochsaison wird eingegrenzt durch die Feiertage Memorial Day (letzter Montag im Mai) und Labor Day (1. Montag im September): Wegen der subtropischen Hitze im Süden sind Aufenthalte während der Hochsommermonate Juli und August dort weniger empfehlenswert. Auch in Florida wird es im Hochsommer oft unerträglich heiß, in der Nähe der Sumpfgebiete können von Mai bis Oktober die in Scharen auftretenden Mücken zur Plage werden. Als Ausgleich besteht in Florida beinahe ganzjährig Sonnengarantie, wobei die regelmäßigen Hurricane-Warnungen im Herbst nicht unbedingt tourismusfördernd sind (s. S. 9). Im Herbst bieten die Neuenglandstaaten ein einzigartiges Schauspiel. Die farbenprächtige Laubfärbung des Indian Summer (s. S. 74) lockt Jahr für Jahr mehr Touristen an.

Natur ...

Hat man einmal die Ballungsräume verlassen, erwartet einen überall im amerikanischen Osten Grün, so weit das Auge reicht. In Neuengland und den Staaten entlang der Appalachen gibt es endlos scheinende Wälder. Florida beeindruckt mit Palmen, blühenden Mangroven- und Oleanderbüschen sowie weiten Graslandschaften. Im Alten Süden dominieren mächtige Eichen mit ausladenden Kronen, die den Auffahrtsalleen der prächtigen Plantagenhäuser das klischeehafte Südstaatenflair verpassen. Wie die in Sumpfgebieten in unendlicher Zahl vorhandenen Zypressen sind die Eichen mit Spanischem Moos bewachsen, einer Schmarotzerpflanze, die wie ein zerzauster Bart von den Ästen hängt.

Der Vielfalt der Pflanzen steht der Artenreichtum der Tiere in nichts nach. Mit einem sagenhaften Fischreichtum

DIE ALTE SEHNSUCHT NACH DER NEUEN WELT

können die Buchten der Ostküste aufwarten. Der jährliche Fang der Fischer beträgt 40 000 t, wobei Hummer und Krabben zweifellos die berühmtesten Fangprodukte darstellen. Durch die Wasserverschmutzung sind die Bestände aller Arten in den vergangenen Jahren allerdings extrem zurückgegangen. Gleiches gilt, verursacht durch die extensive Industrialisierung, auch für die Tiere an Land und in der Luft. Ob Weißkopf- und Fischadler, ob Schwarzbären, Elche, Luchse oder Waschbären: Beinahe alle Tierarten sind im Bestand deutlich reduziert, wenn auch die inzwischen eingeleiteten Schutzmaßnahmen erste Erfolge zeigen.

Die zwischenzeitlich vom Aussterben bedrohten Alligatoren sind mittlerweile unter Jagdschutz gestellt und deshalb im Süden wieder in großer Zahl vorhanden. Die Süßwasserechsen der Bayous rund um New Orleans sind harmloser als die aggressiven Salzwasser-Artgenossen in Florida. Die mehr als 400 Vogelarten, die in den Südstaaten heimisch sind, machen das Gebiet zu einem Paradies für Hobbyornithologen. Das subtropische Klima ließ um die Sümpfe herum auch einige Schlangenarten heimisch werden. Seltener zu sehen sind inzwischen Meeresschildkröten, Delphine und Wale.

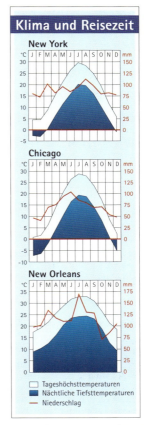

... und Umwelt

Das geringe Umweltbewusstsein der Amerikaner erschreckt nicht nur Touristen, es ruft verstärkt auch Widerstand im eigenen Land hervor. Bei zwei der großen Umweltthemen ist Wasser das Stichwort: Die Everglades, eines der schönsten Sumpfgebiete Amerikas und gleichzeitig eines der größten Biotope, bedeckten noch zu Beginn dieses Jahrhunderts die gesamte Südspitze Floridas. Farmer legten in den 20er Jahren große Teile der nördlichen Everglades trocken, um das „Brachland" unter den Pflug zu nehmen. Düngerreste fließen bis heute in die verbleibenden Sümpfe. Die immer deutlicher

Weißreiher im Everglades National Park

DIE ALTE SEHNSUCHT NACH DER NEUEN WELT

Die Legende vom Melting Pot

Sie wird immer wieder gerne bemüht, besonders wenn von New York die Rede ist: die Legende vom Melting Pot, derzufolge aus allen Einwanderern binnen kürzester Zeit waschechte Amerikaner werden, deren Herkunft man höchstens am Akzent erkennt. Eine entsprechende Bereitschaft, seine Herkunft abzulegen, ist in hohem Maße nur bei den weißen Einwanderern vorhanden gewesen. Asiaten und hispanische Immigranten bleiben jedoch lieber unter sich. Die Folgen in Form von ethnischen Enklaven wie *Chinatown* in New York und Boston, *Greektown* in Detroit oder *Little Havanna* in Miami mögen für den Tourismus zwar interessant sein, für die Entwicklung Amerikas sind sie jedoch fatal. Viele der Einwanderer dieser Tage sehen keine Veranlassung, Amerikanisch zu lernen, wenn sie in ihrem eigenen Mikrokosmos bestens zurechtkommen. So entstehen in Städten wie Miami ganze Regionen, in denen Spanisch nicht nur eine von mehreren, sondern die einzige gesprochene Sprache ist und sich zum Beispiel amerikanische Sanitäter bei einem Rettungsdiensteinsatz nicht mit den Opfern verständigen können.

werdenden Schäden im Ökosystem – in den 30er Jahren loderten riesige Buschbrände in den trockengelegten Sümpfen – ließen die Regierung zwar den Everglades National Park gründen, für drei Viertel des Gebietes jedoch kam jede Rettung zu spät. Die Rest-Everglades trocknen langsam aus.

Schuld ist die geringere Wasserverdunstung in den Sümpfen, die wiederum für weniger Sommerniederschlag sorgt. Hinzu kommt, dass sich auch Miami aus den Wasservorräten der benachbarten Everglades bedient, wobei der Bedarf nicht zuletzt wegen der stetig wachsenden Touristenzahl immer weiter steigt – und der Grundwasserspiegel in den Everglades immer weiter sinkt.

Das gleiche Problem lässt die Umweltschützer auch bei den Großen Seen Alarm schlagen: Da die Wasserfläche von 245 000 km² das größte Trinkwasserreservoir der Welt darstellt, haben zahlreiche Metropolen, und sogar das weit entfernt liegende New York, Bedarf angemeldet. In den riesigen Seen wird das Wasser knapp: Binnen 40 Jahren könnte der Wasserspiegel um einen Meter fallen, warnen kanadische Forscher. Ironischerweise hat erst ein anderes Problem die Behörden auf den Plan gerufen: Noch vor wenigen Jahren waren Teile der Großen Seen durch Einleitungen der Industrie so verschmutzt, dass sogar Weißkopfadler – das amerikanische Wappentier – mit Missbildungen auf die Welt kamen.

Bevölkerung

Die alte Sehnsucht nach der Neuen Welt ist nach wie vor ungebrochen. Zwar haben sich die Herkunftsländer geändert, doch noch immer ist Amerika ein Einwanderungsziel. Nachdem zwischen 1820 und 1989 mehr als 7 Mio. Deutsche, 4,7 Mio. Iren und 5,3 Mio. Italiener aus politischen oder wirtschaftlichen Gründen nach Amerika einwanderten und dafür sorgten, dass 40 % der Amerikaner nun europäische Vorfahren haben, hoffen heute Auswanderer aus zentralamerikanischen Ländern auf eine bessere Zukunft in den USA. Eine besondere Position nimmt dabei Miami ein. Die Stadt ist erstes Ziel von so vielen legalen und illegalen Einwanderern aus Kuba, dass inzwischen 60 % der Einwohner spanischsprachig sind. Der stete Strom der Neuankömmlinge hatte Auswirkungen auf die Zusammensetzung der Bevölkerung: 1996 waren 82 % der Amerikaner Weiße, jeder Achte gab jedoch zu-

DIE ALTE SEHNSUCHT NACH DER NEUEN WELT

sätzlich an, hispanischer Herkunft zu sein. 12,7 % schwarze Bürger stellen zur Zeit noch die Gruppe der größten ethnischen Minderheit, wobei der Anteil der Afroamerikaner im Osten – z. B. Alabama mit 25,3 % Anteil an der Gesamtbevölkerung, Georgia 27 %, Louisiana 30 % und in den Metropolen Detroit mit 75 %, Washington mit 70 % und Atlanta mit 67 % – deutlich höher liegt als im Landesdurchschnitt. Die einstige Urbevölkerung des Landes, die Indianer, stellen nicht einmal 1 % der landesweiten Bevölkerung.

Wirtschaft

Auch nach mehreren überstandenen Rezessionen bleibt der Osten der wirtschaftliche Motor der Vereinigten Staaten. Obwohl der Einfluss klassischer Industriestädte wie Chicago, Detroit, Cleveland oder Philadelphia langsam verblasst, haben in den Metropolen neue Industriezweige wie Maschinenbau, Textilfabrikation, Elektro- und Chemieindustrie sowie die Raumfahrttechnik in Florida für eine Beibehaltung der Verhältnisse gesorgt. Während nach dem Bürgerkrieg in den

Wall Street, das Herz des mächtigsten Finanzzentrums der Welt

Steckbrief

Staaten: Alabama (AL), Connecticut (CT), Delaware (DE), Florida (FL), Georgia (GA), Illinois (IL), Indiana (IN), Kentucky (KY), Louisiana (LA), Maine (ME), Maryland (MD), Massachussetts (MA), Michigan (MI), Mississippi (MS), New Hampshire (NH), New Jersey (NJ), New York (NY), North Carolina (NC), Ohio (OH), Pennsylvania (PA), Rhode Island (RI), South Carolina (SC), Tennessee (TN), Vermont (VT), Virginia (VA), West-Virginia (WV) sowie District of Columbia (D.C.).

Fläche: 2,35 Mio. km²

Einwohner: 152 Mio.

Bevölkerungsdichte: 67 Einw./km²

Höchster Punkt: Mount Mitchell (NC) mit 2037 m

Größter Staat: Michigan, 150 779 km²

Kleinster Staat: Rhode Island, 3144 km²

Bevölkerungsreichster Staat: New York, 17,99 Mio. Einw.

Bevölkerungsärmster Staat: Vermont, 562 000 Einw.

Größte Städte:
New York (NY) 7,33 Mio. Einw.,
Chicago (IL) 2,8 Mio. Einw.,
Philadelphia (PA) 1,6 Mio. Einw.,
Detroit (MI) 992 000 Einw.,
Baltimore (MD) 702 000 Einw.

siegreichen Nordstaaten die Industrialisierung einsetzte, hielt der Süden an der Landwirtschaft fest. Bis heute haben Ackerbau und Viehzucht im Süden einen hohen Stellenwert, wenn auch nicht in dem Maße, in dem es der Anteil von Wald und landwirtschaftlich nutzbarer Fläche zulassen würde. In der Landwirtschaft spielt zumeist die Viehzucht die größte Rolle. In Delaware, Illinois und Indiana steht die Getreideproduktion an erster Stelle, Floridas wichtigstes Erzeugnis sind Zitrusfrüchte, in North und South Carolina wird auch heute noch der Tabakanbau kultiviert. Wesentlich zu den Einnahmen der östlichen Bundesstaaten trägt der Tourismus bei, dies vor allem in Florida.

Im wahrsten Sinne des Wortes Geld gemacht wird an den beiden bedeutendsten Finanzplätzen Amerikas. Die Wall Street ist das Synonym für den Aktienhandel schlechthin, während Chicagos Warenterminbörse weltweit ohne Vorbild ist.

Verwaltung

Wie Deutschland sind auch die USA in Bundesstaaten aufgeteilt, wobei die amerikanischen Einzelstaaten über eine wesentlich größere Eigenständigkeit verfügen (kooperativer Föderalismus). Zwei Kammern, Repräsentantenhaus und Senat, nehmen in den Bundesstaaten die Gesetzgebung wahr. An der Spitze jedes Staates steht ein auf vier Jahre gewählter Gouverneur.

Das Prinzip der beiden Kammern findet sich auch auf Bundesebene wieder. Hier sitzen im Repräsentantenhaus Abgeordnete entsprechend der Größe der einzelnen Staaten, während im Senat jeder Bundesstaat das gleiche Gewicht hat. Der Präsident wird auf vier Jahre gewählt. Er hat in Bezug auf die gemeinsamen Belange Amerikas wesentlich größere Kompetenzen als etwa der deutsche Bundeskanzler, in den einzelnen Ländern jedoch so gut wie keinen Einfluss.

Geschichte im Überblick

Ca. 30 000 v. Chr. wandern Nomaden über die Beringstraße nach Amerika ein und verbreiten sich bis 9000 v. Chr. im ganzen Land.

1497 John Cabbot erklärt das Gebiet zwischen Virginia und Neufundland zum Besitz der britischen Krone.

1513 Der spanische Eroberer Juan Ponce de León betritt beim heutigen St. Augustine amerikanischen Boden.

1607 In Jamestown entsteht die erste dauerhafte britische Siedlung.

1620 Die Pilger der „Mayflower" kommen bei Cape Cod an.

1764–1767 Repressive britische Gesetze und immer neue Steuern erregen den Unmut der 13 Kolonien. Forderung nach Mitbestimmung.

1773 Boston Tea Party: Aus Protest gegen die Teesteuer werfen Kolonialisten die Teeladung britischer Handelsschiffe über Bord.

1774 In Philadelphia tagt der Erste Kontinentalkongress. Die Handelsbeziehungen mit dem Mutterland werden abgebrochen.

1775–1777 Mit Feuergefechten bei Boston beginnt der Unabhängigkeitskrieg. Am 4. Juli 1776 erklären sich die Kolonien in Philadelphia für unabhängig vom englischen Königreich. Frankreich erkennt die Unabhängigkeit der 13 Kolonien an und unterstützt die USA gegen die Briten.

1783 Mit dem Frieden von Versailles endet der Unabhängigkeitskrieg.

1787 In Philadelphia wird die Verfassung der Vereinigten Staaten von Amerika unterzeichnet.

1789 Der erste Kongress der Vereinigten Staaten tritt in New York zusammen. George Washington wird zum ersten Präsidenten gewählt.

GESCHICHTE IM ÜBERBLICK

1812–1814 Erneuter Krieg mit Großbritannien. Washington wird niedergebrannt.

1861–1865 Amerikanischer Bürgerkrieg zwischen Nord- und Südstaaten. Nach der Kapitulation der Südstaaten am 9. April 1865 wird die Sklaverei abgeschafft. Ermordung von Präsident Abraham Lincoln in Washington.

1866 Gründung des rassistischen Ku-Klux-Klan in den Südstaaten.

1867 Schwarze Einwohner erhalten das Bürgerrecht und drei Jahre später das Wahlrecht.

1917 Eintritt der USA in den Ersten Weltkrieg.

1920 Frauen erhalten das Wahlrecht. Die Prohibition verbietet bis 1933 Herstellung und Transport von Alkohol.

1929 „Schwarzer Freitag" an der Wall Street: Der Börsenkrach führt zu einer Weltwirtschaftskrise.

1941 Im Zweiten Weltkrieg geben die Amerikaner ihre Neutralität auf, nachdem Japan einen vernichtenden Angriff gegen Pearl Harbor geflogen hat.

1945 Am 6. und 9. August werfen die USA Atombomben auf Hiroshima und Nagasaki ab. Zwischen 120 000 und 275 000 Menschen kommen dabei ums Leben.

1963 Beim Marsch auf Washington, an dem 200 000 Amerikaner teilnehmen, hält Martin Luther King Jr. seine berühmte Rede „I Have a Dream". Präsident John F. Kennedy wird in Dallas ermordet.

1965–1973 Vietnamkrieg. Auf amerikanischer Seite gibt es 56 000 Tote und 303 000 Verwundete.

1998 Greater New York feiert seinen 100. Geburtstag.

George Washington, der erste Präsident der USA

Schlacht von Chattanooga im Amerikanischen Bürgerkrieg

Nachbau des Boston-Tea-Party-Schiffes von 1773

Kultur gestern und heute

Architektur

In der Architektur hat sich Amerika, längst zum internationalen Trendsetter entwickelt. Vom späten 18. Jh. bis zum Unabhängigkeitskrieg ließen sich die Kaufleute ihre Häuser im **Georgian Style** mit seiner eleganten, perfekten Symmetrie hochziehen. Dann setzte sich der **Greek-Revival-Stil** durch, Säulen und Portiken sollen an griechische Tempel erinnern. Im Süden schlug die große Stunde der Baumwollaristokratie, die mit prächtigen Anwesen ihren Reichtum demonstrierte. Ohne Nachahmung blieb die städtische Bebauung von New Orleans, deren Häuser im French Quarter mit schattigen Innenhöfen, umlaufenden Balkonen und gusseisernen Geländern überdauert haben. Auch Washington mit seinen nach griechischem und römischem Vorbild errichteten Bauten wirkt geradezu unamerikanisch.

Wolkenkratzer & Co.

Als Geburtsort des Wolkenkratzers gilt Chicago. Nach der Brandkatastrophe von 1871 waren 100 000 Menschen obdachlos. Die besten Architekten Amerikas eilten zur Hilfe und zogen riesige Stahlbauten in die Höhe, wovon der erste Wolkenkratzer das *Home Insurance Building* von **William Le Baron Jenney** (1832–1907) war.

In New York musste die Stadt nach Errichtung des *Equitable Building* 1915 regulierend eingreifen. Der 40 m hohe Bau war alles andere als eine Augenweide und sorgte für die Bestimmung, dass sich künftige Wolkenkratzer nach oben zu verjüngen hatten. Auch in Chicago suchte man nach neuen Formen. **Louis H. Sullivan** (1856–1924) entwarf vom Material bestimmte, funktionsgerechte Gebäude mit sparsamer, origineller Ornamentik. Das *Carson Pirie Scott Building* mit seinen den Wolkenkratzereffekt betonenden Stahlstreben, den breiten, zurücktretenden Fenstern und der bronzenen Verkleidung der beiden unteren Etagen untermauert dies eindrucksvoll. **Ludwig Mies van der Rohe** (1886–1969) propagierte im Gegenzug den bald landesweit verbreiteten **International Style** mit dem Motto „weniger ist mehr". Zwischen den beiden Extremen stand **Frank Lloyd Wright** (1867–1959), der einen organischen Bezug der Landschaft zu seinen Bauten für wichtig erachtete.

Nach dem Zweiten Weltkrieg bekamen die architektonischen „Einzelkämpfer" Konkurrenz von den Architekturbüros. Das Atelier **Skidmore, Owings & Merrill (SOM)** erregte mit dem *Sears Tower* in Chicago Aufsehen, die Konkurrenten **Emery Roth & Sons** konzipierten unter Federführung **Minuro Yamasakis** das *World Trade Center* in New York. Zu einem Handlungsreisenden in Sachen Architektur wurde **I. M. Pei** (geb. 1917), der für die *City Hall* und den *Hancock Tower* in Boston, den *East Wing* der National Gallery in Washington und die *Rock 'n' Roll Hall of Fame* in Cleveland verantwortlich zeichnet.

> ### Hoch, höher, am höchsten
> Rechtzeitig zum Ausklang des 20. Jhs. kündigte Chicago ein neues Hochhaus-Projekt an. Der noch unbenannte Turm soll sogar die Petronas-Towers in Kuala Lumpur übertreffen.

Eine Vielzahl interessanter Texte über die Kultur, das Alltagsleben und die Mentalität der amerikanischen Bevölkerung finden Sie in dem **Polyglott-Band Land & Leute USA**.

KULTUR GESTERN UND HEUTE

Literatur

Parallel zur britischen Kolonialisierung des amerikanischen Ostens entwickelte sich das literarische Schaffen der Siedler, wobei die ersten Bücher theologischer Natur waren. Die von den Ideen der Aufklärung geprägten **Thomas Paine** (1737–1809) oder **Thomas Jefferson** (1743–1826) unterstützten mit ihren Schriften die Unabhängigkeitsbestrebungen der Kolonien. In den Neuenglandstaaten etablierte sich Anfang des 19. Jhs. eine eigene Literaturrichtung, der Transzendentalismus. **Ralph Waldo Emersons** (1803–82) „Nature" gilt als Bibel der Bewegung. Emersons Schüler **Henry David Thoreau** (1817 bis 1862) beeinflusste mit seinem Werk „Von der Pflicht zum Ungehorsam gegen den Staat" u. a. Martin Luther King und Indira Gandhi. In den Südstaaten war im frühen 19. Jh. die Sklaverei das dominierende Thema in der Literatur. Während die meisten Autoren in ihren Werken keine moralischen Bedenken äußerten, gilt das kritische „Onkel Toms Hütte" der Neuengländerin **Harriet Beecher-Stowe** (1811–96) als der Antisklavereiroman schlechthin.

Die Berkshires von Neuengland waren Mitte des 19. Jhs. eine Hochburg amerikanischer Literaten. In Lenox schrieb **Nathaniel Hawthorne** (1804–64) u. a. „Das Haus mit den sieben Giebeln" und „Der scharlachrote Buchstabe". In Pittsfield entstand „Moby Dick" von **Herman Melville** (1819–91). An der Ostküste erlebte die amerikanische Short Story ihre erste Blüte durch Geschichten von **Edgar Allen Poe, Mark Twain** und **Washington Irving.** Die amerikanische Lyrik erhielt in der zweiten Hälfte des 19. Jhs. durch **Walt Whitman** (1819–92) entscheidende Impulse.

Die Industrialisierung des Nordens führte zu kritischen Auseinandersetzungen mit dem neuen Amerika. **Theodore Dreisers** (1871–1945) „Amerikanische Tragödie" gilt als Meilenstein. Die

Chrysler Building in New York

Typisch für das French Quarter in New Orleans: umlaufende Balkone und gusseiserne Geländer

Margaret Mitchell, die Autorin von „Vom Winde verweht"

Polyglott **17**

KULTUR GESTERN UND HEUTE

Werke Dreisers prägten auch **John Dos Passos** (1896–1970), der die Gefährdung des Individuums durch die industrielle Gesellschaft beschrieb. Als Opfer der Industrialisierung sahen sich die Schriftsteller der *Lost Generation*. **Gertrude Stein, Ernest Hemingway** und **F. Scott Fitzgerald** rechneten in zynischen Romanen mit dem Amerika des frühen 20. Jhs. ab.

Mit **Eugene O'Neill** (1888–1953) und **Tennessee Williams** (1914–83) bekam das Drama in Amerika einen adäquaten Stellenwert. Wie Williams wählte auch der Romancier **William Faulkner** (1897–1962), ein bedeutender Vertreter der literarischen Moderne, New Orleans zu seinem Schaffensort. In Atlanta veröffentlichte **Margaret Mitchell** (s. S. 89) 1936 „Vom Winde verweht".

Auch nach dem Zweiten Weltkrieg ist die amerikanische Literatur nicht vom Optimismus geprägt. **John Updike** (geb. 1932) schildert die Öde des Alltags, **J. D. Salinger** (geb. 1919) mit „Der Fänger im Roggen" die Schwierigkeiten des Erwachsenwerdens. Verstärkt finden auch schwarze Autoren Gehör: **Alice Walkers** (geb. 1944) „Die Farbe Lila" wurde Aufsehen erregend verfilmt, **Toni Morrison** (geb. 1931) erhielt 1993 den Literatur-Nobelpreis. Viel beachtet sind die Romane von **Tom Wolfe,** darunter „Fegefeuer der Eitelkeiten" und „Ein ganzer Kerl".

Musik

Von Armstrong bis Elvis ...

New Orleans lässt sich als Geburtsort des **Jazz** feiern. Hier verhalf Louis Armstrong (1900–71) dieser Musikrichtung zum großen Durchbruch. Als die verarmte Landbevölkerung während des Ersten Weltkrieges in die Metropolen des Nordens auswanderte, nahm sie den Jazz mit. Chicago, St. Louis und New York behaupten deshalb heute, dass bei ihnen der Jazz zu Hause ist. Während in den 20er Jahren kleine Combos den Jazz spielten, bildete sich in den 30er Jahren der Big-Band-Sound heraus. Benny Goodman und Glenn Miller machten sich hier einen Namen.

Der **Blues** war ursprünglich die musikalische Ausdrucksform der schwarzen Sklavenarbeiter. Nach dem Zweiten Weltkrieg entstand in den Großstädten, besonders in Chicago, der **City Blues.** Muddy Waters, Howlin' Wolf und Elmore James verstärken erstmals die Musik elektrisch – die Stilrichtung wird Rhythm and Blues genannt, B. B. King und John Lee Hooker sind bekannte Interpreten.

Der **Rock 'n' Roll** entstand in Memphis, wo Elvis Presley innerhalb von wenigen Monaten zum Superstar avancierte. Bald wählten die Jugendlichen die Musik als Ausdrucksform ihrer Rebellion gegen alte Werte. Die Musikrichtung selbst bekam schnell Impulse von schwarzen Komponisten. Little Richard und Chuck Berry kreierten den harten Rock 'n' Roll.

Feste und Veranstaltungen

Anfang Januar: Elvis Presley's Birthday Celebration, Graceland/Memphis.

2. Wochenende im Januar: Art Déco Weekend in Miami Beach (FL) mit Oldtimer-Paraden und Musik.

Ende Januar/Anfang Februar: Chinesisches Neujahrsfest, besonders in New York ein Ereignis.

Mitte Februar: Daytona 500 – das bekannteste Stockcar-Rennen Amerikas in Daytona Beach (FL).

Mitte Februar/Anfang März: Mardi Gras – weltberühmte Karnevalsfeier in New Orleans.

Anfang März bis Anfang April: Pilgrimages, unter anderem in Natchez: Viele dem Publikum sonst nicht zugängliche Herrenhäuser können besichtigt werden (auch im Oktober).

KULTUR GESTERN UND HEUTE

... von Motown bis Country-Musik

Der in den Folgejahren dominierenden **Beat-Musik** setzte Berry Gordy Jr. in Detroit den **Motown-Sound** entgegen. Die Musik der Motoren fand sich im hämmernden, mitreißenden Sound vieler Songs von Motown wieder. Sein kleines Plattenstudio brachte Superstars wie Stevie Wonder, die Supremes oder die Four Tops hervor.

Das Motown Historical Museum in Detroit

Die als so typisch für Amerika geltende **Country-Musik** (Hillbilly) hatte ihren Ursprung Anfang des 20. Jhs. in den Bergen von Tennessee. Angelsächsische Einwanderer spielten dort ihre Lieder auf selbst gebauten Fiedeln, Banjos und Mandolinen. Instrumentalisten wie Earl Scrugg oder Lester Flatt brachten Tempo in die Songs und schufen so den **Bluegrass-Sound.** Hank Williams, der bedeutendste Songschreiber und Interpret der Musikrichtung, etablierte die Country-Musik in den 50er Jahren auch im Mittelstand Amerikas.

Exotisches Spektakel in Atlantic City

---

17. März: St. Patrick's Day – Nationalfeiertag der Iren. Besonders prächtige Umzüge in New York und Chicago, wo sogar der Chicago River grün gefärbt wird.

Mai: Memphis in May – Straßenfest zu Ehren eines jährlich wechselnden Landes.

Anfang Juni: Summer Lights Festival – Party überall in der Innenstadt von Nashville (TN), nicht nur mit Country-Musik. Chicago Blues Festival, immer mit Topbesetzung.

Juni bis August: Shakespeare in the Park in New York. Wesentlich kleiner, aber weltberühmt auch in Mobile (AL).

6.–8. Juni: Scooper Bowl, das größte Eiscreme-Festival in den USA auf dem Boston Common.

Ende Juni/Anfang Juli: Taste of Chicago – größte Schlemmerorgie im Land.

Ende Juni bis Anfang September: Tanglewood Music Festival in Lenox (MA), berühmtes Musikfestival mit dem Boston Symphony Orchestra.

Anfang Juli: Harbor-Fest in Boston mit Feuerwerken, Paraden und Seafood-Festival.

4. Juli: Amerikanischer Nationalfeiertag, Feste und Feuerwerke überall im Land, spektakulär in der Hauptstadt Washington.

Anfang August: Elvis-Week in Memphis (TN), musikalische und sonstige kulturelle Veranstaltungen.

2. Septemberwoche: Wahl der Miss America in Atlantic City (NJ).

31. Dezember: Silvesterfeste überall im Land. Legendär: die Party am New Yorker Times Square.

> **Welterfolg Musical**
>
> Seine großen Erfolge erlebte es zwar am New Yorker Broadway, doch Komponisten wie Frederick Loewe (My Fair Lady), Leonard Bernstein (West Side Story), Galt McDermot (Hair) und Marvin Hamlisch (A Chorus Line) haben sich auch in Übersee einen Namen gemacht.

Malerei

Als Vater der amerikanischen Malerei gilt **John Singleton Copley** (1738–1815), dessen Porträt des Bostoner Nationalhelden Paul Revere in Amerika jedes Kind kennt. Berühmtheit erlangte auch **Gilbert Stuart** (1755–1828), der mit Vorliebe George Washington porträtierte.

Nach dem gewonnenen Unabhängigkeitskrieg demonstrierten die amerikanischen Künstler ihre Abnabelung vom Mutterland durch Landschaftsmalereien, die Amerika als eine Art modernen Garten Eden darstellen. Besonders die New Yorker *Hudson-River-School* um **Thomas Cole** (1801–48) hatte sich diesem Thema verschrieben.

Einen der wenigen Kontrapunkte setzte die *Ash-Can*-Bewegung um **Robert Henri** (1865–1929), die die Slums und ihre Armut realistisch darstellte. Später prangerte **Edward Hopper** (1882–1967) mit seinen Szenen aus dem amerikanischen Alltag die Vereinsamung des Individuums an.

Die zur Nazizeit aus Europa geflohenen Künstler gaben der Malerei in Amerika neue Impulse. So entstand nach 1945 die Richtung des Abstrakten Expressionismus, dann die Minimal Art und schließlich die viel diskutierte Pop Art. **Andy Warhol** (1928–87), **Roy Lichtenstein** (1923–97) mit seinen riesigen Comicbildern und **Claes Oldenburg** (geb. 1919) sind die bekanntesten Künstler.

Essen und Trinken

Wider alle Vorurteile: variantenreiche Küche

Beinahe unausrottbar scheint das Vorurteil, die Amerikaner ernährten sich ausschließlich von Steaks und Hamburgern. Wer mit derlei Erwartungen seine Reise durch den Osten der USA antritt, wird sein blaues, kalorienreiches Wunder erleben.

Schon das Frühstück mit seinen vielen Variationen lässt keine Wünsche offen. Auf der Speisekarte stehen Pfannkuchen einträchtig neben Omelettes, Waffeln neben Hamburgern. Entscheidet man sich für eine der deftigen Varianten, gibt's dazu *Hash Browns,* eine Art Bratkartoffeln. Beinahe obligatorisch bei der Kaffeebestellung ist die Frage „regular or decaf", normal oder koffeinfrei. Der Muntermacher wird immer wieder kostenlos nachgeschenkt. Die Südstaaten ergänzen das Frühstücksangebot durch *grits,* eine gewöhnungsbedürftige Maisgrütze.

Derart auf den Tag vorbereitet, ist das Mittagessen beinahe Nebensache. Die meisten Amerikaner begnügen sich mit einem Sandwich oder einem Salat. Am Abend dann schlägt die große Stunde der Gourmets, wobei das Esserlebnis je nach Ort höchst unterschiedlich ausfällt. Im tiefsten Süden, rund um New Orleans, buhlen gleich zwei Küchenvarianten mit inzwischen nur noch marginalen Unterschieden um die Gunst der Touristen: Die französischen Einwanderer brachten die kreolische Art zu kochen mit und trafen auf die Kochkunst der aus Kanada eingewanderten Cajuns, denen man nachsagt, sie würden alles essen, was schwimmt,

ESSEN UND TRINKEN

fliegt oder Beine hat – außer Schiffe, Flugzeuge und Stühle. In beiden Küchen wird an Tabasco und anderen scharfen Gewürzen nicht gespart. Unbedingt probieren sollte man *Jambalaya*, die kreolische Variante der Paella, sowie *Gumbo*, einen Eintopf aus Okraschoten, der umso leckerer schmeckt, je undefinierbarer seine Zutaten sind.

Wesentlich feiner geht es beim Essen in den Neuenglandstaaten und an der Ostküste zu. Rund um Boston und in Maine wird Hummer in solchen Mengen und zu so niedrigen Preisen angeboten, dass man sich um den Fortbestand der Art Sorgen machen könnte. Allgegenwärtig ist auch *Clam Chowder*, ein Eintopf mit Muschel- und Schweinefleisch. Ein kulinarisches Ereignis der besonderen Art sind die *Clambakes*: Muscheln, Hummer, Kartoffeln und Zwiebeln werden auf Seegras über einem Feuer gedünstet.

Entlang der Atlantikküste hat man eine reiche Auswahl an frischen Fischen und Schalentieren

New York ist auch in kulinarischer Hinsicht ein *melting pot*. In den 17 000 Restaurants der Stadt gibt es buchstäblich nichts, was es nicht gibt. Im bescheideneren Umfang gilt dies auch für Washington. Eine Spezialität der Chesapeake Bay sind die Blue Crabs.

Eine eigene Kochrichtung hat sich in den letzten Jahren in Florida und hier besonders in Miami gebildet: Die *New World Cuisine*, die sich durch frische Basisprodukte, leichte Soßen und innovative Zubereitung – oft mit karibischem oder fernöstlichem Touch – auszeichnet.

Sie gehören oft zum Straßenbild: rollende Imbissstände

Der amerikanische Klassiker: das Steak

Bei so viel kulinarischem Erfindungsreichtum bleibt kaum noch Gelegenheit für den amerikanischen Klassiker, ein deftiges Steak. Doch keine Bange: Ein zünftiges Steakhouse findet man überall auf der Reise.

„Pardon me boy, is that the Chattanooga Choo-Choo...", wer erinnert sich nicht gerne an diesen Song von Glenn Miller

Getränke

Bei den Getränken hat das schon legendär leichte Bier ernsthafte Konkurrenz bekommen. In allen größeren Städten etablierten sich Minibrauereien, die einen ordentlichen Gerstensaft herstellen – teilweise sogar nach dem deutschen Reinheitsgebot. Weine fristen – außer in hochpreisigen Restaurants – eher ein Schattendasein. Wer auf Nummer sicher gehen möchte, bestellt am besten einen Chardonnay.

Tipp Beim Dinner sollte man die Etikette beachten. Selbst in gähnend leeren Restaurants wartet man am Eingang, um zum Tisch geführt zu werden („wait to be seated"). **Trinkgelder** sind für das Personal kein Zubrot, sondern Teil des Lohnes, und sollten daher mindestens 15 % der Rechnung betragen.

Hot Dog & Co.

Der Pioniergeist der Stadt St. Louis (s. S. 80) ist legendär. Einige erstaunliche Grenzüberschreitungen fanden in der Stadt am Mississippi auch auf kulinarischem Gebiet statt. Nirgendwo sonst bekommt man *Toasted Ravioli*, frittierte Ravioli. Selbst betonharte Milchshakes, die so dick sind, dass sie auch bei umgedrehtem Becher nicht auslaufen, haben es zu einer gewissen Popularität gebracht. Die größten Beiträge zur Esskultur aber verdankt St. Louis der Weltausstellung von 1904. Bei dieser Gelegenheit wurde nicht nur der *Iced Tea* erfunden, sondern auch der *Hot Dog*. Besonders der Hot Dog hat heute in 1001 Variationen Fans in der ganzen Welt. Damals wie heute besteht der Klassiker aus einem Frankfurter Würstchen, das mit Ketchup, Senf und *Relish*, einer Gurkenmischung, bestrichen in zwei Brötchenhälften eingepackt wird. Herrlich für den kleinen Hunger zwischendurch!

Urlaub aktiv

Golf

Das Golfspiel hat in den Vereinigten Staaten längst nicht einen so elitären Charakter wie in Europa. Praktisch jeder größere Ort verfügt über entsprechende Möglichkeiten. Gastspieler sind in allen Klubs gerne gesehen und dürfen für einen vergleichsweise geringen Betrag die Plätze nutzen. Eine besonders herrliche Kulisse bieten die Anlagen in den White Mountains. Die meisten Plätze gibt es rund um Myrtle Beach. Die Myrtle Beach Chamber of Commerce vermittelt den Kontakt zu den fast 50 Anlagen.

 Myrtle Beach Chamber of Commerce, 1200 N. Oak St., Myrtle Beach, SC 29578, ☏ (843) 626-7444.

Wandern

Ein Paradies für Wanderer: Gut ausgeschilderte Trails unterschiedlicher Länge, dazu Camps und Schutzhütten findet man vor allem in den State und National Parks. Ideal für Leute, die vom Wandern nicht genug kriegen, ist der 3500 km lange Appalachian Trail, der vom Baxter State Park in Maine über den Shenandoah und den Great Smoky Mountain National Park bis nach Georgia führt.

 Informationen: Appalachian Mountain Club (AMC), P. O Box 298, Gorham, NH 03246, ☏ (603) 466-2721.

Radfahren

Neuengland ist das Bikerparadies schlechthin. Auf stillen Nebenstraßen kann man sanfte Hügel, weite Wälder

URLAUB AKTIV

und einsame Küsten erkunden. Besonders empfehlenswert ist der 50 km lange Cape Cod Rail Trail von Dennis nach Wellfleet. Aber auch Chicago verfügt über wunderschöne Radwege, unter anderem entlang dem Lake Michigan. Die knapp 10 km lange Strecke ist zwar für Profis keine Herausforderung, für Freizeitradler und Familien aber genau richtig.

 Radverleih:
Village Cycle Center,
1337 N. Wells St.,
Chicago, IL 60610,
☎ (312) 751-2488.

Segeln

Segeln kann man an vielen Orten in den Oststaaten, so z. B. auf den Großen Seen oder in der Chesapeake Bay bei Annapolis (MD). Besonders zahlreich sind die Möglichkeiten rund um Miami und Fort Lauderdale.

Ein Nachweis über entsprechende Fertigkeiten muss bei der Anmietung eines Bootes nicht erbracht werden, im eigenen Interesse sollte man aber seine Fähigkeiten realistisch einschätzen.

 Club Nautico, Hyatt Regency, Pier 66, Fort Lauderdale 33316, ☎ (954) 920-2796, mit Filialen überall in und um Fort Lauderdale.

Drachenfliegen

Diese Sportart lässt sich am Lookout Mountain von Chattanooga ausüben. Um das Hobby kennen zu lernen, bietet sich zunächst ein Tandemflug unter fachkundiger Anleitung an. Anschließend kann man Drachenflugunterricht nehmen oder, entsprechende Qualifikation vorausgesetzt, von vornehrein alleine starten.

 Lookout Mountain
Flight Park,
7201 Scenic Hwy.,
Rising Fawn, GA 30798,
☎ (1-800) 688-5637.

Gastspieler sind in den amerikanischen Golfklubs gerne gesehen

Unterkunft

Wenn es um eine Unterkunft für die Nacht geht, ist Amerika wahrlich das Land der unbegrenzten Möglichkeiten. Von der Luxusherberge bis zur Holzhütte auf dem Campingplatz reicht die Spannweite des Angebots. Selbst kurz vor Mitternacht hat man selten Probleme, noch vernünftig unterzukommen. Vor Wochenenden, Feiertagen und in viel besuchten Touristenorten empfiehlt sich allerdings eine Vorabreservierung.

Hotels und Motels

In Hotels wie Motels gelten die Zimmerpreise für ein oder zwei Gäste. Für zusätzliche Personen wird ein Aufschlag erhoben. Die lokale Steuer ist nicht in der Preisangabe enthalten. Zur Grundausstattung der Zimmer gehören Telefon, Fernseher und Klimaanlage. Davon abgesehen gibt es sehr deutliche Unterschiede: Motels oder Inns sind für den Autofahrer konzipiert. Hier geht man nicht davon aus, dass jemand länger als eine Nacht bleibt. Die Häuser befinden sich meist nahe der Autobahn oder an den Ausfallstraßen der großen Städte. Man fährt direkt bis zum Zimmer vor. Bezahlt wird im Voraus, am Tag der Abreise wirft man im Vorbeifahren den Schlüssel in den Briefkasten an der Rezeption. Motels bieten häufig einen Pool, Münzwaschmaschinen und gelegentlich ein im Preis enthaltenes *Continental Breakfast*, bestehend aus süßem Gebäck und Kaffee. Die Zimmer sind ab 30 $ zu haben, selbst in den Randgebieten der Großstädte muss man selten mehr als 100 $ zahlen.

Hotels liegen in Preis und Service über Motels und Inns. Besonders in den Städten ist hier von freiem Parken nicht mehr die Rede. Dafür locken Hotels je nach Kategorie mit Zusatzeinrichtungen wie Restaurants, Fitnessstudio, überdachtem Swimmingpool und dem Concierge, einem Mitarbeiter, der alle Fragen zur Stadt beantwortet und in guten Hotels selbst schwierigste Wünsche erfüllt. Hotelzimmer gibt es in der Regel schon ab 50 $, in den Metropolen fangen die Preise erst im dreistelligen Bereich an.

Resorts

Resorts sind für Kunden konzipiert, die hier ihren Urlaub im Hotel verbringen. Mit Extras wie vielfältigem Sportangebot sowie einem abendlichen Unterhaltungsprogramm richtet man sich auf die vergnügungsinteressierte Klientel ein. Resorts sind meistens im oberen Preissegment angesiedelt, viele verlangen einen Mindestaufenthalt von drei Tagen. Eine Resortübernachtung kostet selten unter 150 $, nach oben hin sind keine Grenzen gesetzt.

Bed & Breakfast

Die Dame des Hauses begrüßt jeden Gast persönlich und hält mit ihm einen kleinen Plausch im Wohnzimmer. Morgens bittet der Hausherr zum gemeinsamen Frühstück und zeigt seinen Gästen anschließend stolz das Anwesen, in vielen Fällen ein liebevoll gepflegtes, jahrhundertealtes Kleinod: Bed & Breakfast (B & B) ist die persönlichste Art, Amerika kennen zu lernen.

B & B-Angebote liegen deutlich über den Preisen der Mittelklassehotels. Allerdings bekommt man dafür auch mehr geboten als in den oft unpersönlichen Hotelketten.

AAR Anglo-American Reisebüro, Vidumstr. 2, D-49492 Westerkappeln, ☎ 054 04/960 80, 🖷 96 08 11.
Auch die Visitors Bureaus halten Adressen der regionalen Vermieter bereit.

UNTERKUNFT

Camping

Die staatlichen Campingplätze der Kampgrounds of America (KOA; Verzeichnis gegen 3 $ bei KOA, Executive Offices, Billings, MT 59114-0558) haben einen ausgezeichneten Standard, sind allerdings oft nicht billiger als ein einfaches Motel. Camper können sowohl Fernseher als auch Stromversorgung an das Netz der Campingplätze anschließen (Hook-Up). Private Campingplätze sind vom Preis und Niveau her höchst unterschiedlich.

Die schönsten Campingplätze befinden sich in den State und National Parks. Häufig sind sie sehr einfach ausgestattet, können dafür aber mit einer herrlichen Lage und deutlich niedrigeren Preisen als die privaten aufwarten.

 Jährlich überarbeitete **Campingführer** über die einzelnen Bundesstaaten erhalten ADAC-Mitglieder in allen Filialen des amerikanischen Automobilklubs AAA.

Washington Square Hotel in Greenwich Village, New York

Hotel- und Motelketten

Vor der Reise kann man sich von den Hotel- und Motelketten Gesamtverzeichnisse ihrer Häuser mit Lage, Preis und Extras zusenden lassen.

Best Western Hotels,
Frankfurter Str. 10–14,
D-65760 Eschborn,
☏ 018 02/21 25 88 oder
061 96/472 40, 📠 47 24 12 oder 47 24 60

Days Inn, Howard Johnson Hotels, Ramada Hotels, Super 8 Motels und Travelodge, c/o Herzog HC, Borsigallee 17, D-60388 Frankfurt/M.,
☏ 01 80/524 10 10 oder
069/420 89 00, 📠 41 25 25.

Hilton Hotels, Lyoner Str. 11,
D-60528 Frankfurt/M.,
☏ 01 30/81 81 46 oder
0 69/66 55 60, 📠 66 55 61 00.

Holiday Inns, Bahnhofstr. 10–12,
D-65185 Wiesbaden,
☏ 01 30/81 51 31, 📠 06 11/30 45 99.

Hyatt Hotels, Rheinstr. 4 F,
D-55116 Mainz, ☏ 01 80/523 12 34,
📠 061 31/973 12 35.

ITT Sheraton, Flughafen, Terminal 1, Hugo-Eckner-Ring 15, D-60594 Frankfurt/M., ☏ 0 69/69 77 21 40,
📠 69 77 22 30.

Motel 6 und Bed & Breakfast,
c/o AAR, Vidumstr. 2, D-49492 Westerkappeln, ☏ 0 54 04/960 80,
📠 96 08 11.

Radisson SAS Hotels Worldwide,
Taunusstr. 2,
D-65183 Wiesbaden,
☏ 01 30/81 44 42,
📠 0 03 53/17 06 02 25.

Reisewege und Verkehrsmittel

Anreise

Günstige Zielflughäfen bei Überseeflügen sind New York, Chicago, Atlanta, Washington, Boston, Miami. Auf den Atlantikstrecken unterbieten sich die Fluggesellschaften mit Billigtarifen. Dabei ist die Buchung zwar meistens an Bedingungen wie einen bestimmten Abflugtag oder eine Höchstreisedauer geknüpft, dafür sind die Preise aber deutlich niedriger als die Normaltarife oder bereits reduzierte Holiday-Tarife.

Unterwegs im Osten

Flugzeug

Billig-Airlines verbinden die wichtigsten Städte des Ostens zu enorm günstigen Tarifen. Bekanntester Vertreter ist Southwest-Airlines (☎ 1-800/435-9792), deren Tickets jedoch nicht in Deutschland gebucht werden können. Wenn die Termine der Inlandflüge bereits im Voraus feststehen, empfiehlt sich der Kauf der Tickets bereits in Europa zum preisreduzierten *VUSA* (Visit USA)-Tarif.

> **Flugpass**
>
> Sind mehrere Inlandsstrecken geplant, kann sich der Erwerb eines Flugpasses lohnen, der eine im Voraus angegebene Anzahl von Strecken beinhaltet (z. B. United Airlines, ☎ 0 69/60 50 20, oder über die Reisebüros in den USA unter ☎ 1-800/748-8853).

Auto

Die USA lassen sich am besten mit dem Auto erkunden. Um in den Genuss günstiger Tarife zu kommen, sollte man den Wagen bereits im Heimatland reservieren. In den Pauschalpreisen der hiesigen Veranstalter ist die Vollkaskoversicherung enthalten. Rückführgebühren von bis zu 500 $ verlangen die Rent-A-Car-Firmen. Die billigsten Tarife im Osten gibt es in Florida. ADAC-Mitglieder haben Anspruch auf Unterstützung durch das hiesige Pendant, den AAA (☎ 1-800/AAA-HELP).

Tipp Bei Reisebeginn sollte man sich unbedingt das hervorragende **Karten- und Prospektmaterial** besorgen, das die zahlreichen, praktisch in jeder größeren Stadt vorhandenen Büros bereithalten.

Bahn

Das Image der amerikanischen Bahn ist nicht das beste. Die Tickets sind teuer, die Züge fahren mit eher gemächlichem Tempo. Dennoch stellt eine Fahrt mit den silbernen Amtrak-Zügen ein Erlebnis dar. Für ausländische Besucher bietet das Unternehmen 15- und 30-Tage-Pässe an.

 MESO Amerika-Kanada-Reisen, Wilmersdorfer Str. 94, D-10629 Berlin; Austria Reiseservice, Hessgasse 7, A-1010 Wien; Reisebüro Kuoni, Neue Hard 7, CH-8037 Zürich.

Bus

Die Greyhound-Busse, die mehrmals täglich die großen und mittelgroßen Städte des Ostens miteinander verbinden, sind eine Institution. Den bis zu 30 Tage gültigen Ameripass gibt es im Heimatland besonders preisgünstig.

 ISTS-Reisen, Türkenstr. 71, D-80799 München; WTC Reisebüros, Rennweg 45/8, A-1030 Wien; Greyhound/ Promar, Eisgasse 6, CH-8021 Zürich.

Manhattan zu Füßen des Empire State Building

*** New York

Das Tor zur Neuen Welt

Wall Street und World Trade Center, Broadway und Brooklyn Bridge, Freiheitsstatue und Fifth Avenue – wohl keine andere Stadt weckt so viele Assoziationen wie New York, der Inbegriff der Neuen Welt. Obwohl man mindestens zwei Wochen braucht, um sich alles Wichtige und Interessante anzusehen, genügen schon zwei, drei Tage, dann liebt man New York bedingungslos – oder man hasst es. Zwischentöne der Empfindung lässt die eigenwillige Metropole nicht zu. Wer von New York spricht, meint in der Regel Manhattan. Auf der von Hudson und East River umflossenen Halbinsel findet sich alles, wofür New York berühmt ist.

Geschichte

Als erster Europäer, der einen Fuß auf die Halbinsel setzte, gilt der Brite Henry Hudson, der 1609 im Auftrag der holländischen Ostindien-Kompanie den später nach ihm benannten Hudson River hinaufsegelte. 1626 kam es zum wohl spektakulärsten Landkauf der Geschichte: Peter Minuit, der Gouverneur der zwei Jahre zuvor gegründeten Siedlung „Nieuw Amsterdam", kaufte den Indianern Manhattan ab. Der Preis: Glasperlen und Tand im Wert von 24 Dollar. 1664 übergab Gouverneur Peter Stuyvesant die Stadt kampflos den Engländern, die sie nach dem Herzog von York umbenannten und bis zum Ende des Unabhängigkeitskrieges (1776–83) besetzt hielten. Bereits im frühen 19. Jh. galt New York in der Alten Welt als Tor zum Land der unbegrenzten Möglichkeiten. Auswanderer aus allen Teilen Europas trafen in der Stadt ein und gründeten die Legende vom Melting Pot, vom Schmelztiegel der Nationen (s. S. 12). Tatsächlich blieben die ethnischen Gruppen in Ministadtteilen eher unter sich. 1929 kam es am „Schwarzen Freitag" zu einem gewaltigen Kurssturz an der Börse, der eine jahrelange Weltwirtschaftskrise auslöste.

Nach dem Zweiten Weltkrieg wählte die Organisation der Vereinten Nationen New York als Sitz. Dennoch schien der Stern der Stadt allmählich zu verblassen. Wegen immer wieder aufflackernder Rassenunruhen und der unaufhaltsam steigenden Kriminalitätsrate kehrten immer mehr Bürger und Firmen dem Moloch in den 70er Jahren den Rücken zu. In der folgenden Dekade ging es trotz weiterer Rückschläge jedoch wieder aufwärts. Heute strahlt New York erneut eine enorme Zuversicht aus.

Friedliche Oase

Wer seine Tour an der Südspitze Manhattans beginnt, erhält einen eher untypischen ersten Eindruck von der Stadt. Im **Battery Park** ist nichts zu spüren von der Hektik und dem Trubel, für den New York berüchtigt ist. Stattdessen sitzen hier Banker aus dem nahen Finanzviertel und essen mit spitzen Fingern einen riesigen Hot Dog, haben Rentner ihre Schachbretter aufgeklappt und warten auf Zufallsspielpartner.

** Statue of Liberty und ** Ellis Island

An der **Fähranlegestelle** ❶ starten die Schiffe nach Liberty Island mit der **Statue of Liberty** und zur Einwandererinsel Ellis Island. Die 46 m hohe, auf einem riesigen Sockel stehende Freiheitsstatue war ein Geschenk Frankreichs und galt als Ausdruck der gemeinsamen Freiheitsliebe. Vom Elsässer Bildhauer Frédéric Auguste Bartholdi geschaffen, traf die Statue 1885

NEW YORK

in Einzelteilen in 200 Kisten verpackt im New Yorker Hafen ein. Um den grandiosen Blick von den Aussichtsplattformen im Kopf und in der Fackel genießen zu können, muss man besonders nachmittags viel Zeit und Geduld mitbringen.

Die stahlglitzernden Türme des World Trade Center

Der Anblick der Freiheitsstatue war die erste Impression der Einwanderer von der Neuen Welt. Der zweite Eindruck war weit weniger erhaben, wie ein Besuch der einstigen Kontrollstation auf **Ellis Island** zeigt.

Eine Tour führt die Besucher, genau wie einst die über 16 Mio. Immigranten, durch den Gepäckraum in eine Riesenhalle, in der die Neuankömmlinge ängstlich darauf warteten, ob ihnen der Zutritt ins vermeintlich gelobte Land gestattet würde. Der Weg durch die erst in den 20er Jahren stillgelegte Station wird gesäumt von unzähligen Fotografien und Dokumenten, die auch das harte Los jener dokumentieren, die von den strengen Immigration Officers nicht ins Land gelassen wurden.

Von der New Yorker Börse zum Woolworth Building

Tipp Die beste Hafenrundfahrt in New York ist gratis: einfach mit der Staten Island Fähre eine Hin- und Rückfahrt unternehmen. Die Skyline des Big Apple breitet sich vor den Fahrgästen aus (Anlegestelle an der Südspitze von Manhattan, ☎ 212/806-6940, 24-Std.-Betrieb, tagsüber alle 15 Min., nachts seltener).

Brooklyn Bridge, im Hintergrund – mit grüner Spitze – das Woolworth Building

Für Nachdenklichkeit bleibt nicht viel Zeit, denn zurück in Manhattan wartet die Mammonikone jener, die es im Land der unbegrenzten Möglichkeiten geschafft haben: Wer Wall Street sagt, meint die **New York Stock Exchange** ❷. Das 1903 erbaute Heiligtum des Aktienmarktes ähnelt mit seinen mächtigen Säulen einem Tempel. Wenn um 16 Uhr

Flippiger Laden in SoHo

NEW YORK

am Ende eines Börsentages die Broker erschöpft die Hände sinken lassen, haben sie an einem ganz normalen Tag eine hohe dreistellige Millionenzahl von Aktien gekauft oder verkauft und dabei Milliarden von Dollar umgesetzt. Von einer Galerie aus kann man das hektische Treiben verfolgen (○ Mo–Fr 9.15–16 Uhr).

Seite 31

Die beiden stahlglitzernden Türme des nahe gelegenen *World Trade Center* ❸ sind nur der Gipfel einer Stadt für sich, die mehrere Straßenblocks einnimmt. Man sollte auf jeden Fall vom 107. Stock vom South Tower aus die Fernsicht genießen (○ tgl. 9.30 bis 23.30 Uhr).

Für ein Dinner in luftiger Höhe empfiehlt sich der Besuch im exklusiven Restaurant **Windows on the World** im 107. Stock des North Tower (☎ 212/524-7000). $))

Über eine gläserne Brücke gelangt man vom World Trade Center in einen der vier Türme des *World Financial Center* ❹. Hier geht es im Vergleich zum quirligen Nachbarn direkt betulich zu, die New Yorker lieben den Aufenthalt im palmenbewachsenen Wintergarten oder den Spaziergang über die Esplanade, den einzigen Weg Manhattans, der direkt am Wasser entlangführt.

Eine Oase inmitten der hektischen Stadt ist die am Broadway gelegene **St. Paul's Chapel** ❺. Die nach dem Vorbild der Londoner St. Martin-in-the-Field gebaute und 1766 vollendete Kapelle ist die älteste Kirche Manhattans.

Ein Beinahenachbar dieser altehrwürdigen Kirche ist die „Cathedral of Commerce", wie das **Woolworth Building** ❻ im Volksmund heißt. Mit seiner sich verjüngenden Pyramidenspitze und den neogotischen Verzierungen fällt es sogar in der von interessanten Bauten nur so strotzenden Skyline von Manhattan auf. Von seiner Eröffnung 1913 bis zum Jahr 1930 gab es in New York kein höheres Gebäude als diesen 240-Meter-Wolkenkratzer. Besonders sehenswert ist die dreistöckige Eingangshalle mit ihrer prächtigen Mosaikdecke.

Brückenbaukunst

Wer noch einen phantastischen Ausblick auf die Skyline Manhattans genießen wil, sollte es nicht versäumen, einen Spaziergang über das Wunderwerk der Brückenbaukunst, die ****Brooklyn Bridge** zu machen, bevor er sich in eine ganz andere Welt begibt.

Viertel mit Charakter

Schon auf dem Broadway kündigen verstärkt auftauchende chinesische Schriftzeichen an, dass *Chinatown* nicht mehr fern ist. Mit aller Wucht macht sich die Enklave nördlich der Worth Street bemerkbar. Plötzlich sind die Bürgersteige östlich des Broadway verstopft, hasten und drängeln die überwiegend asiatisch aussehenden Passanten vorbei an Ständen mit Gemüse, Fisch und Krabben oder an Garküchen, in denen Fleischspieße und Frühlingsrollen gebrutzelt werden. 150 000 Einwanderer und deren Nachkommen aus China, Taiwan und Hongkong leben in diesem Straßengewirr,

❶ Fähranlegestelle Liberty und Ellis Islands
❷ New York Stock Exchange
❸ World Trade Center
❹ World Financial Center
❺ St. Paul's Chapel
❻ Woolworth Building
❼ Washington Square Park
❽ Empire State Building
❾ Times Square
❿ Chrysler Building
⓫ Rockefeller Center
⓬ Museum of Modern Art
⓭ Metropolitan Museum of Art
⓮ Solomon R. Guggenheim Museum

NEW YORK

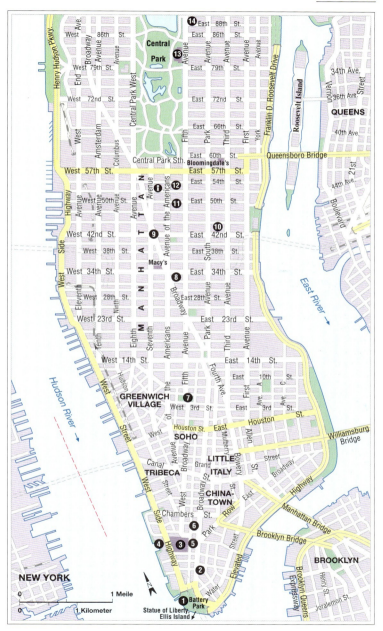

Polyglott 31

NEW YORK

wo man in winzigen Restaurants übrigens vorzüglich speisen kann.

Nur einige Schritte genügen, um aus der Hektik Chinas ins gemütliche Italien zu entfliehen. **Little Italy** nördlich der Canal Street ist genau so, wie man es aus unzähligen Filmen kennt.

 Besonders an der **Mulberry Street** stehen Tische und Stühle auf den schmalen Bürgersteigen, und die Männer diskutieren lautstark beim Espresso.

Das nahe *SoHo, kurz für South of Houston (Street), ist Zeuge einer Epoche, als die New Yorker auf Gusseisen als beinahe unverwüstliches Baumaterial schworen. Noch Anfang der 60er Jahre war der District geprägt von verlassenen Lagerhäusern, leeren Fabriken und halbverfallenen Gebäuden. Doch dann zogen zunehmend junge Künstler in die freien Lofts. Mit ihnen kamen Galerien, flippige Geschäfte und ausgefallene Restaurants. Heute ist SoHo In-Viertel und bevorzugte Yuppie-Wohngegend.

Beinahe nahtlos geht SoHo in *Greenwich Village über, ein Viertel, das mit seinen verwinkelten Straßen die letzte Bastion bildet gegen das übliche Schachbrettmuster aus Streets und Avenues. Das Village ist bekannt als Treffpunkt der Bohemiens und Intellektuellen.

Der **Washington Square Park** ❼ – alles andere als eine betuliche grüne Oase – war einst Zentrum der Hippie-Bewegung und ist jetzt Hangout einer bunten Mischung quer durch die Bevölkerung.

Washington Square

Mittelpunkt von Greenwich Village ist dieser Platz mit seinen eleganten Häusern, dem Henry James mit seinem gleichnamigen Roman ein literarisches Denkmal setzte.

Vom **Empire State Building zum Rockefeller Center

Das **Empire State Building** ❽ an der Fifth Avenue war mit seinen 381 m lange Jahre das höchste Gebäude der Stadt. Als es 1930 mitten in der Weltwirtschaftskrise eröffnet wurde, hatte es schnell seinen Ruf als „achtes Weltwunder" weg.

Tipp Besucher der **Aussichtsterrassen** im 86. und 102. Stock kommen durch eine beeindruckende, im Art-déco-Stil gehaltene Lobby und haben wegen der meist langen Warteschlangen mehr als genug Zeit, die Wandmalereien zu bewundern (☉ Aussichtsterrasse tgl. 9.30–24 Uhr).

Vom Empire State Building aus ist der **Times Square** ❾, Zentrum der Theaterszene, an der Kreuzung Broadway und 7th Avenue nicht zu übersehen.

Über einen Mangel an Glanz kann man sich beim *Chrysler Building ❿ nicht beklagen. Die eigenwillige Architektur mit dem glitzernden Stahlturm hat das Gebäude berühmt gemacht. Die Lobby aus Marmor und Chrom ist Art déco in Reinkultur.

Fast hat man in der riesigen Anlage des **Rockefeller Center** ⓫ mit Büros und Geschäften, Schulen, Restaurants und Unterhaltungspalästen das Gefühl, nicht mehr in Manhattan zu sein. Die Wolkenkratzer verjüngen sich nach oben, um Licht hereinzulassen, der Wechsel von hohen und niedrigen Bauten lässt ein Gefühl der Enge gar nicht erst aufkommen. Kernstück der Anlage ist die *Sunken* oder *Lower Plaza*, eine Ruhezone in der Großstadt.

Tipp Kein Scherz: In New York gibt es sogar eine Seilbahn. Die Kabinen der **Roosevelt Island Aerial Tramway** schweben in bis zu 70 m Höhe über den East River (Second Ave./60th St. auf Roosevelt Island, ☏ 212/832-4543; 6–2 Uhr, Fr, Sa bis 3.30 Uhr).

NEW YORK

Museen rund um den
*Central Park

Auch das ** **Museum of Modern Art** ⓬ ist untrennbar mit dem Namen Rockefeller – als Finanzier – verbunden. Obwohl das MOMA, wie es bei den abkürzungsbegeisterten New Yorkern heißt, immer wieder vergrößert wurde, kann nur ein Bruchteil der 100 000 Kunstgegenstände ausgestellt werden. Dabei ist jede bedeutende Stilrichtung der Kunst des 19. und 20. Jhs. vertreten: u. a. Postimpressionisten, Kubisten, Expressionisten, Dadaisten und Surrealisten. Die Henri-Matisse-Sammlung gilt als die größte weltweit (◐ Do–Di 10.30 bis 17.45, Fr 10.30–20.15 Uhr).

Im Washington Square Park kann man stundenlang Leute beobachten, Straßenmusikern zuhören ...

Bevor man sich weitere Museen zu Gemüte führt, bietet sich ein Besuch im **Central Park** an. Den 4 km langen, aber nur 500 m breiten Streifen gestalteten die Landschaftsarchitekten Frederick Law Olmsted und Calvert Vaux. Große Liegewiesen werden hier von gemütlichen Spazierpfaden durchzogen, am beeindruckendsten ist ein Besuch des Parks sonntags, wenn ganz New York zur Nabelschau einlädt.

Central Park, die grüne Lunge Manhattans

Zum Leidwesen der New Yorker ist der Central Park nicht die größte Anlage ihrer Art in den USA. Dafür aber kann die Stadt mit dem *** **Metropolitan Museum of Art** ⓭ aufwarten, dem unbestritten größten Museum Amerikas. Kunstfreunde müssen schweren Herzens Akzente beim Besuch der Ausstellung setzen. Über 3 Mio. Exponate besitzt das Museum, nur ein Viertel davon kann ausgestellt werden. Das angebotene Spektrum reicht von Kunst aus dem alten Ägypten (Prunkstück: der Tempel von Dendur) über griechische, römische, asiatische und islamische Kunst bis hin zu modernen Gemälden und einem Skulpturengarten. In der Ausstellung *European Paintings* fehlt kein bedeutender Künstler.

Von der Menge der Exponate her kann es das ** **Solomon R. Guggenheim Mu-**

Metropolitan Museum of Art

NEW YORK

seum ⓮ zwar nicht mit dem Museum of Modern Art aufnehmen, dafür aber macht die Architektur hier mehr her. Frank Lloyd Wright schuf einen runden, sich nach oben erweiternden Bau, der aussieht wie ein auf den Kopf gestelltes Schneckenhaus. Im Innern führt eine spiralförmige Rampe an den Gemälden (u. a. von Renoir, Cézanne, van Gogh, Chagall, Miró und Kandinsky) vorbei nach oben (◷ So–Mi 10–18, Fr/Sa 10–20 Uhr).

Praktische Hinweise

New York Convention & Visitors Bureau, 810 7th Ave., ☎ 212/397-8200; ◷ Mo–Fr 8.30–18, Sa/So 9–17 Uhr.

✈ **John F. Kennedy International Airport (JFK),** 24 km östl. in Queens, Verbindung nach Manhattan mit Linienbus-/U-Bahn-Kombination, Carey Airport Express-Coach-Buses (alle 30 Min. von 6–24 Uhr, ☎ 718/632-0509) oder Taxi (ca. 40–50 $). **Newark International Airport,** 26 km westl., erreichbar per Bus (z. B. Olympia Trails Airport Express, ☎ 212/964-6233, alle 20 Min. von 6–24 Uhr) oder Taxi (ca. 30–40 $). Inlandflüge landen meist auf dem **La Guardia Airport,** 15 km östl. in Queens, von dort Carey Airport Express-Coach-Buses in verschiedene Stadtteile (☎ 718/632-0500).

🚆 Manhattan besitzt zwei Bahnhöfe: Pennsylvania Station (7th Ave./W. 33rd St.) und Grand Central Terminal (Park Ave./E. 42nd–44th Sts.); Amtrak bedient nur die Penn Station, ☎ 212/582-6875.

🚌 Der zentrale Busbahnhof befindet sich in Manhattan zwischen 8th–9th Aves. und 40th–42nd Sts., ☎ 212/564-8484.

❶ Die New Yorker U-Bahn ist besser als ihr Ruf und die schnellste Möglichkeit, einen bestimmten Ort zu erreichen. Die Züge zwischen den 463 Stationen verkehren häufig, jedoch nicht nach festem Fahrplan.

New York Palace, 455 Madison Ave., ☎ 212/888-7000, 🖷 303-6000. Der Sultan von Brunei richtete das einstige Nobelhotel mit Millionenaufwand wieder her. $⟩
Waldorf Astoria, 301 Park Ave., ☎ 212/355-3000, 🖷 872-7272. Eines der berühmtesten Hotels der Welt erstrahlt wieder im alten Art-déco-Glanz. $⟩
Paramount, 235 W. 46th St., ☎ 212/764-5500, 🖷 354-5237. Das Haus ist inzwischen ebenso berüchtigt für seine winzigen Zimmer wie berühmt für sein perfektes Design. $
Washington Square Hotel, 103 Waverly Place, ☎ 212/777-9515, 🖷 979-8373. Phantastische Lage mitten in Greenwich Village. Reichhaltiges Frühstück. $

Montrachet, 239 W. Broadway, ☎ 212/219-2777. Mit für New York untypischer Untertreibung bezeichnet sich dieses Nobelrestaurant im Feinschmeckerbezirk TriBeCa als French Bistro. Hervorragende Weinkarte. $⟩
Tavern on the Green, Central Park West/67th St., ☎ 212/873-3200. Das romantischste Restaurant der Stadt, in dem man unter lichtgeschmückten Bäumen im Park sitzt. $–$⟩
Jekyll & Hyde Club, 1409 6th Ave., ☎ 212/541-9505. Gruselig, gruselig:

Wo ist was los?

Über kulturelle Veranstaltungen informieren: „New York Times" (Freitagsausgabe), „New York Magazine", „The New Yorker", „Time Out" und „Village Voice". Informationen und Karten gibt es beim New York Convention & Visitors Bureau (s. o.). Tickets zum halben Preis für Theater und Musical verkauft am Veranstaltungstag TKTS am Times Square (47th St./Broadway) und im World Trade Center (Mezzanine Level; ◷ Mo–Sa 11–17.30 Uhr; keine Kreditkarten).

NEW YORK

Auf dem Weg zum Tisch senkt sich plötzlich die Decke, manchmal erscheint Mr. Hyde himself. Ⓢ
Jing Fong, 20 Elisabeth St., ☏ 212/964-5256. Institution in Chinatown. Besseres Dim Sum bekommt man fast nirgendwo in der Stadt, auch wenn die Wartehallen-Atmosphäre nicht jedermanns Sache sein dürfte. Ⓢ

 Opernaufführungen bieten die **Metropolitan Opera Company** (Metropolitan Opera House, Lincoln Center, Broadway/64th St.) und die **New York City Opera** (New York State Theater, ebenfalls im Lincoln Center). Erste Adresse bei klassischen Konzerten ist die **Carnegie Hall** (57th St./7th Ave.), bei Pop-Konzerten die **Radio City Music Hall** (1260 6th Ave.) oder bei Mammutereignissen der **Madison-Square Garden** (7th Ave., 31st–33rd St). Bühne des Modern Dance ist das **City Center** (131 W. 55th. St.). Diskofreaks kommen im **Limelight** (660 6th Ave.) oder im **Tunnel** (220 12th Ave.) auf ihre Kosten.

Eine reiche Auswahl an Bars und (Jazz-)Kneipen gibt es in Greenwich Village und SoHo, z. B. das altehrwürdige **Chumleys** (86 Bedford St.), **Pete's Tavern** (129 E. 18th St.) oder das legendäre **Blue Note** (131 W. 3rd. St.).

 Macy's, das größte Kaufhaus der Welt, lässt wahrlich keinen Wunsch offen (W. 34th/Broadway). **Bloomingdale's** versucht, den ungeliebten Konkurrenten zu übertrumpfen (1000 3rd Ave./59th St.). Die berühmteste und eleganteste Einkaufsstraße ist die **Fifth Avenue.**

Die interessantesten Boutiquen gibt's in SoHo und Greenwich Village. Günstige Jeans (Levis 501), T-Shirts und Freizeitklamotten findet man bei **Canal Jeans Co.** (504 Broadway zwischen Broome und Spring Sts.). Designerkleidung zu Discountpreisen bietet **Loehmann's** (101 7th Ave./116th St.). Verbilligte Bücher in einer riesigen Auswahl hat **Barnes and Noble** (Filialen in der ganzen Stadt).

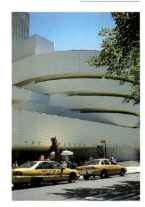

Solomon R. Guggenheim Museum

Blue Note, die legendäre Jazzkneipe in Greenwich Village

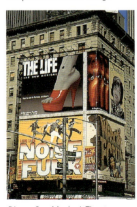

Die großen Musical-Theater liegen rund um den Times Square

Washington D.C.

Das Zentrum der Macht

1600 Pennsylvania Avenue ist eine Adresse, die es in sich hat. Denn das berühmte Bauwerk, das hier steht, ist wie kein anderes Sinnbild für weltpolitische Macht: das Weiße Haus. Einmal den Mächtigsten der Erde nahe sein, diesen Traum kann sich in der mit 570 000 Einwohnern relativ kleinen amerikanischen Großstadt jeder erfüllen.

Stadtgeschichte

Sieben Jahre lang wurden heftige Debatten im Kongress geführt, ehe sich Nord- und Südstaaten 1790 über die ungefähre Lage ihres künftigen Regierungssitzes einigten. George Washington oblag die Wahl des Geländes, die Beschaffung der Mittel und die Verantwortung für die Realisierung des ehrgeizigen Bauprojekts. In seinem Auftrag begann der französische Städtedesigner Pierre Charles L'Enfant mit der Planung. Das Resultat war eine ganz und gar unamerikanisch wirkende, von breiten Alleen und hochherrschaftlichen Gebäuden geprägte Stadtanlage. Nach sieben Jahren Bauzeit war 1800 der erste Flügel des Kapitols fertiggestellt. 1814, während des Amerikanisch-Britischen Krieges, brannten die Engländer große Teile Washingtons inklusive Kapitol und dem Sitz des Präsidenten nieder. Dieser war bereits 1817 neu aufgebaut und erlangte unter dem Namen Weißes Haus Berühmtheit. 1865 wurde das Kapitol endlich fertig gestellt. L'Enfants Plan wurde allerdings erst im 20. Jh. wirklich realisiert. Während der Weltwirtschaftskrise und des Zweiten Weltkriegs zogen immer mehr Bundesbehörden in die Hauptstadt, die mit ihren Prunkbauten offizielle Besucher und Staatsgäste in Staunen versetzte.

* White House ❶

Das Gebäude an der Pennsylvania Avenue steht jedem Besucher offen. In der Hochsaison wartet schon um 6 Uhr morgens eine lange Menschenschlange vor dem **White House Visitor Center** (1450 Pennsylvania Ave. N.W.), wo es ab 7 Uhr die wenigen Tickets für die Führungen durch die Machtzentrale gibt. Die hat heute nicht mehr viel gemein mit dem ursprünglichen Gebäude, in das 1800 John Adams als erster Präsident einzog.

Von den insgesamt 132 Räumen werden meist zwölf gezeigt, so u. a. der mit grüner Seide ausgekleidete **Green Room,** der z. T. noch Einrichtungsgegenstände aus dem 18. Jh. enthält, der **East Room,** in dem Nixon seine Rücktrittsrede hielt, der **Red Room,** angeblich das Lieblingszimmer fast aller First Ladies, die mit Dutzenden Präsidentenporträts geschmückte **Hallway** und der **State Dining Room,** ein Speisesaal, in dem auch heute noch die Staatsgäste dinieren (Di–Sa 10–12 Uhr; 202/456-7041).

Im FBI-Hauptquartier

Dass sich Verbrechen nicht auszahlen, ist die Moral der Tour durch das **J. Edgar Hoover Building ❷**. Im Hauptquartier der Bundespolizei FBI sind u. a. die Waffen der berüchtigsten US-Gangster von Al Capone bis zu Bonnie and Clyde ausgestellt. In einer Art Asservatenkammer lagern 5000 konfiszierte Gewehre und Pistolen. Sogar die Hightechlabors und die Computerarchive des 1908 gegründeten FBI stehen den Besuchern offen. Eine Schusswaffendemonstration ist Teil jeder Führung (Mo bis Fr 8.45–16.15 Uhr).

WASHINGTON D.C.

Unterwegs zum Capitol Hill

Beschaulich geht es in den ***National Archives** ❸ zu. Hier lagern in 21 Stockwerken die wertvollsten Verträge und Urkunden der amerikanischen Geschichte. In speziell gesicherten Vitrinen sind u. a. die Unabhängigkeitserklärung, die Verfassung der USA, eine Abschrift der Magna Charta von 1297 und die Bill of Rights ausgestellt (Eingang Constitution Ave.; ◌ tgl. 10 bis 17.30, im Sommer bis 21 Uhr).

Die Pennsylvania Avenue stößt an ihrem östlichen Ende auf den *Capitol Hill*, der dominiert wird vom ****Capitol** ❹, dem Sitz von Senat und Repräsentantenhaus. Das 229 m lange und 107 m breite Gebäude beherbergt mehr als 550 Räume. Durch massive bronzene Türen betritt man von Osten her die gigantische kreisrunde Lobby mit einem Durchmesser von mehr als 30 m, über die sich eine riesige Kuppel spannt. In der *Statuary Hall* befinden sich 100 Statuen berühmter US-Persönlichkeiten, zwei aus jedem Bundesstaat (◌ tgl. 9–16.30, im Sommer bis 20 Uhr).

Bis 1935 war der Oberste Gerichtshof Untermieter des Kapitols. Inzwischen ist der **Supreme Court** ❺ in einem von

❶ White House
❷ J. Edgar Hoover Building
❸ National Archives
❹ Capitol
❺ Supreme Court
❻ Library of Congress
❼ Smithsonian Institution
❽ National Air and Space Museum
❾ National Gallery of Art
❿ National Museum of Natural History
⓫ National Museum of American History
⓬ United States Holocaust Memorial Museum
⓭ Washington Monument
⓮ Lincoln Memorial
⓯ Vietnam Veterans Memorial
⓰ Arlington National Cemetery

WASHINGTON D.C.

Cass Gilbert entworfenen Marmorbau an der Nordwestseite des Capitol Hill untergebracht. Alleine aus Platzgründen musste die *Library of Congress ❻ aus dem Kapitol weichen. Die Bibliothek verfügt über die weltgrößte Sammlung an Büchern, Zeitschriften, Broschüren, Fotografien und Karten. Angeblich wächst der Bestand in den drei Gebäuden, die durch ein Tunnelsystem miteinander verbunden sind, minütlich um zehn Dokumente.

Oberste Gesetzeshüter

Ein ganz besonderes Erlebnis ist es, den Richtern des **Supreme Court** bei einer Entscheidung zuzusehen. Wann die obersten Gesetzeshüter der USA das nächste Mal zusammenkommen, ist unter der Nummer ☏ 202/479-2000 zu erfahren.

Wer nach all den Eindrücken eine Pause nötig hat, dem sei die **Madison Building Cafeteria** in der 6. Etage der Library empfohlen, die nicht nur sehr gute Snacks, sondern auch einen phantastischen Blick über die Stadt bietet.

Berühmte Museen

Vom Capitol Hill bis zum Potomac River erstreckt sich die Mall, ein weitläufiger Grünstreifen, an dem die bedeutendsten Museen der Stadt liegen. Neun davon gehören zur berühmten **Smithsonian Institution** ❼, deren Sitz seiner mittelalterlichen Architektur wegen *The Castle* genannt wird.

Im **Besucherzentrum** erhält man einen Überblick über die 16 Museen und Galerien – zwei davon befinden sich in New York – sowie den Zoo, die von der Smithsonian Institution verwaltet werden. Der Eintritt ist übrigens frei.

Das populärste Museum im Fundus der Smithsonian ist das ****National Air and Space Museum** ❽. Vom ersten klapprigen Motorflugzeug der Gebrüder Wright bis hin zum Gestein, das die Besatzung der Apollo 17 vom Mond mitbrachte, ist alles geboten, was mit Luft und Raumfahrt zu tun hat.

Gleich gegenüber liegt die ****National Gallery of Art** ❾. Deren Gemäldesammlung ist so umfangreich, dass sie auf zwei Komplexe verteilt werden musste. Das klassizistische westliche Gebäude wurde von John Russell Pope entworfen, das moderne östliche von Stararchitekt I. M. Pei. Im Ostteil sind Werke europäischer und amerikanischer Künstler des 20. Jhs. untergebracht, im Westflügel fanden Gemälde von Meistern des 13.–20. Jhs. Platz.

Ein ausgestopfter Elefant begrüßt die Besucher im ***National Museum of Natural History** ❿. Der Elefant ist in bester Gesellschaft: Im Nebenzimmer hängt ein Blauwal von der Decke, wieder einen Raum weiter lassen sich Dinosaurier, allen voran ein 24 m langes Riesensaurierskelett, bestaunen. Prunkstück der Mineraliensammlung ist der berühmte Hope-Diamant.

Die Ausstellung im **National Museum of American History** ⓫ gleich nebenan gehört zum Pflichtprogramm jedes amerikanischen Schülers. Anhand von Exponaten aus dem Leben während der Kolonialzeit bis hin zu Nachbildungen von Räumen des Weißen Hauses wird dem Besucher die amerikanische Geschichte näher gebracht.

Mit betroffenen Gesichtern kommen die Besucher aus dem ***United States Holocaust Memorial Museum** ⓬. Die Aufbereitung der Verfolgung und Ermordung von 6 Mio. Juden, politisch Andersdenkenden und sozial abseits Stehenden geht unter die Haut. Jeder, der die dreistöckige Ausstellung betritt, erhält die Namenskarte eines Holocaust-Opfers. Zu den Exponaten des Museums gehören eine rekonstruierte Auschwitz-Baracke und die Tür einer Gaskammer.

WASHINGTON D.C.

Vom Washington Monument zum Potomac River

Den Beklemmungen, die der Besuch des Holocaust Memorial mit sich bringt, begegnet man am besten mit einem Gang zum **Washington Monument** ⓭. Mit dem Bau des 170 m hohen, von den Flaggen der 50 Bundesstaaten umgebenen Obelisken wurde 1848 begonnen, eingeweiht konnte das Denkmal erst 1884 werden. Vom Aussichtsdeck, dem höchsten Punkt der Stadt, hat man einen wunderbaren Blick über die Stadt (◎ tgl. 9–17, im Sommer 8–24 Uhr).

Capitol, Sitz von Senat und Repräsentantenhaus

Etwas abseits der Museen rund um die Mall beobachtet eine 6 m große, lebensnah wirkende Statue des Bürgerkriegspräsidenten Lincoln die Szenerie. Um den Standort des **Lincoln Memorial** ⓮ beneiden sicherlich viele lebende Politiker den 1865 ermordeten Präsidenten. Am Washington Monument vorbei und über die Mall hinweg geht der Blick direkt hinüber zum Kapitol. Die 36 dorischen Säulen, die dem Marmorbau das Aussehen eines griechischen Tempels verleihen, stehen für die 36 Bundesstaaten, die es zu Lincolns Zeit gab (◎ tgl. 8–24 Uhr).

The Castle, Informationszentrum der Smithsonian Institution

Nur einige Schritte entfernt wird der Opfer des Vietnamkriegs gedacht. Die beiden riesigen Platten des **Vietnam Veterans Memorial** ⓯ verfehlen ihre Wirkung nicht. Die Namen von 58 000 toten oder vermissten Soldaten sind in den schwarzen Granit eingraviert. Noch heute, eineinhalb Jahrzehnte nach Fertigstellung der Gedenkstätte, versammeln sich Angehörige und Kameraden, legen Blumen und Geschenke nieder oder pausen die Namen von Opfern ab.

Besucher des Vietnam Veterans Memorial pausen die Namen von Opfern ab

Der berühmteste Friedhof Amerikas, der *****Arlington National Cemetery** ⓰, liegt, nur durch eine Brücke von Wash-

Polyglott **39**

WASHINGTON D.C.

ington getrennt, auf der anderen Seite des Potomac River. Von einer Ruhestätte für die 200 000 dort Bestatteten, darunter Nationalhelden und berühmte Politiker Amerikas, kann kaum die Rede sein. Tag für Tag erlebt der Friedhof und vor allem die Gräber der ermordeten Brüder John F. und Robert Kennedy wahre Besucherströme.

Tipp Das **Grabmal des Unbekannten Soldaten,** ein 50 t schwerer, weißer Marmorblock, wird von Paradesoldaten der 3. US-Infanterie bewacht. Wachwechsel in zackiger Manier gibt es zu jeder vollen, im Sommer zu jeder halben Stunde.

Six Flags America ...

... in Largo/Maryland bei Washington gilt als einer der spektakulärsten Freizeitparks der Welt. Ewiger Star: „Roar", eine Holzachterbahn im Stil der 20er Jahre mit der Technik von heute (13710 Central Ave, Upper Marlboro, ☎ 301/249-1500).

Praktische Hinweise

Washington D.C. Convention and Visitors Association, 1212 New York Ave. N.W., Washington, D.C. 20005. ☎ 202/789-7000, 🖷 789-7037.
White House Visitor Information Center, 1450 Pennsylvania Ave., ☎ 202/523-3847; ⏲ tgl. 8–17, im Sommer 7–17 Uhr.

✈ **Dulles International Airport,** 42 km südwestl., Zubringerdienste zur U-Bahnstation West Falls Church und in die Innenstadt durch Washington Flyer, ☎ 703/572-2700.
Baltimore-Washington International Airport, 48 km nordöstl., Express-Busverbindungen in die Innenstadt alle 90 Min. Buchungen für die Rückfahrt unter ☎ 301/441-2345. Der stadtnahe **National Airport** ist an das U-Bahnsystem angeschlossen, außerdem verkehren Busse.

🚆 Washington ist einer der Knotenpunkte von Amtrak. Die Züge aus ganz Amerika halten in der Union Station (50 Massachusetts Ave. N.E., ☎ 1-800/872-7245).
🚌 Greyhound Terminal, 1st/L Sts. N.E., ☎ 1-800/231-2222.
❶ Die U-Bahn ist großartig ausgebaut. Empfehlenswert ist ein **Tagespass**.

Four Seasons, 2800 Pennsylvania Ave., ☎ 202/342-0444, 🖷 944-2076. In diesem fünftbesten Hotel Amerikas haben Gäste dieselbe Straßenadresse wie der Präsident. $))
Days Inn Downtown, 1201 K St. N.W., ☎ 202/842-1020, 🖷 289-0336. Preiswertes Hotel mitten in der Stadt, sogar ein Dach-Pool fehlt nicht. $)
Doubletree Hotel Park Terrace, 1515 Rhode Island Ave., ☎ 202/232-7000, 🖷 332-8436. Beliebte Nobelherberge am Rand der Touristenattraktionen. Sehr geräumige Zimmer. $)
Quality Hotel Downtown, 1315 16th St. N.W., ☎ 202/232-8000, 🖷 667-9827. Standardhotel, die meisten Räume verfügen über eine Küchenzeile mit Mikrowelle. $)–$)

Red Sage, 605 14th St. N.W., ☎ 202/638-4444. Eines der besten Restaurants der Stadt, Southwestern-Küche. $))
Sea Catch Restaurant, 1054 31st St. N.W., ☎ 202/337-8855. Gutes Fischlokal, malerisch am Ufer des Kanals. $)–$))
Bombay Palace, 2020 K St. N.W., ☎ 202/331-4200. Freunde indischer Küche treffen vielleicht Ex-Außenminister Christopher. $)
Coco Loco, 810 7th St. N.W., ☎ 202/289-2626. Multikulti: Der französische Koch brutzelt mexikanische und brasilianische Gerichte. $)
Jaleo, 480 7th St. N.W., ☎ 202/628-7949. Wenn man Umfragen glauben darf, gibt's hier die besten Tapas. $) **Reeve's Restaurant & Bar,** 1306 G. St. N.W., ☎ 628-6350. Eine Institution seit 1886. $)

WASHINGTON D.C.

Zahlreiche Geschäfte befinden sich in der **Union Station**. Eine interessante Einkaufsgegend ist die **Connecticut Avenue** zwischen K Street und Dupont Circle mit vielen Boutiquen und zwei Shopping-Plätzen.

Die kostenlose Stadtzeitschrift **City Paper** informiert jeweils donnerstags über die angesagtesten Plätze der Stadt.

Wer am Tag einen Besuch im beinahe verträumten Georgetown verpasst hat, sollte das abends nachholen. Einige hervorragende Restaurants und Lokale liegen rund um die M Street und die Wisconsin Avenue N.W. In Downtown verwandelt sich das Restaurant **Coco Loco** (s. S. 40) spät am Abend in eine wilde Disko. Zu den zeitlos populären Lokalen gehört das **Tortilla Coast** (400 1st St. S.E., ☏ 202/564-6768), berüchtigt für seine Killer-Margeritas. Seinem Namen zum Trotz wird im **Blues Alley** (1073 Wisconsin Ave. N.W., ☏ 202/337-4141) vor allem Mainstream Jazz und Dixieland gespielt.

Arlington: Grabmal des Unbekannten Soldaten, Rückseite

Lincoln Memorial

Die machtlosen Hauptstädter

Es muss eine skurrile Situation gewesen sein: Da wohnten die Washingtoner in unmittelbarer Nähe ihres Präsidenten, aber wählen durften sie ihn nicht. Erst 1961 erhielten die Bewohner des District of Columbia, kurz D.C., das Recht, über den Präsidenten mit zu entscheiden. Bis heute ist die politische Konstruktion des Verwaltungsbezirkes, in dem Washington liegt, ein Kuriosum. Zwar bestimmen die Einwohner Washingtons seit Mitte der 70er Jahre selber ihren Bürgermeister, die Entscheidungen des Stadtrats jedoch können jederzeit vom Kongress widerrufen werden. Im Kongress ist der einzige Abgeordnete des District nicht stimmberechtigt; im Senat ist der Bundesstaat, der keiner ist, überhaupt nicht vertreten. Kein Wunder, dass die Bewohner Washingtons den District of Columbia als letzte Kolonie der USA bezeichnen. Genau genommen kann Washington glücklich sein, dass es immerhin bedingt selbst über sich bestimmen kann. In den Gründerjahren wurden die Stadtverwaltung und der Gouverneur vom Präsidenten direkt ernannt. Noch 1967 entschied Präsident Lyndon B. Johnson, wer als Commissioner Washington regierte. Erst 1974 konnte die Stadt ihre Geschicke selbst in die Hand nehmen.

**Chicago

Die Stadt der Superlative

Seite 43

Al Capone, Hochöfen und Schlachthöfe – schier unausrottbar scheint das Image, mit dem Chicago, die Millionenmetropole am Lake Michigan, seit Jahrzehnten zu kämpfen hat. Umso überraschender ist, wie Chicago sich tatsächlich präsentiert. Capone und Co. dienen lediglich noch als Namengeber für Kneipen, der letzte der Schlachthöfe musste 1971 schließen, und auch die meisten Hochöfen gehören seit der Stahlkrise Mitte der 70er Jahre der Geschichte an.

Chicago heute – das ist eine Stadt der Superlative. Reisende kommen auf dem größten Flughafen der Welt oder dem geschäftigsten Bahnhof des Landes an, den besten Rundblick über die fast endlos erscheinende 2,8-Mio.-Einwohner-Metropole hat man vom Sears Tower, dem höchsten Gebäude der USA. In Chicago wurden die ersten Wolkenkratzer der Welt gebaut, und der Chicago Board of Trade ist die größte Warenterminbörse der Welt.

Stadtgeschichte

1673 entdeckten der französische Missionar Jacques Marquette und sein Landsmann, der Goldsucher Louis Jolliet, das Gebiet der späteren Millionenstadt. Schnell wurde die Region zu einem wichtigen Handelsplatz für Trapper und Abenteurer. Der Grundstein für den Aufstieg Chicagos wurde 1836 mit dem Baubeginn des Illinois & Michigan Canal gelegt. Mit der Fertigstellung des 160 km langen Wasserweges 1848 gab es eine Verbindung von Chicago zum Mississippi und damit vom Atlantik zum Golf von Mexiko. Das seit 1837 mit Stadtrechten versehene Chicago war plötzlich ein Verkehrsknotenpunkt und lief St. Louis den Rang als bedeutendste Metropole des Mittelwestens ab. Ein verheerendes Großfeuer im Jahr 1871, das 18 000 Gebäude vernichtete, bremste den rasanten Aufschwung nur kurz. Als Folge der Katastrophe begann man mit dem Bau moderner Hochhäuser.

Die Bevölkerungsexplosion und das wirtschaftliche Wachstum machten Chicago im letzten Drittel des 19. Jhs. zu einem sozialen Brennpunkt. 40 000 Arbeiter streikten ab dem 1. Mai 1886

Orientierungshilfe

Trotz der riesigen Ausdehnung des Großraums ist der Stadtkern vergleichsweise klein und überschaubar geblieben. Eine Hochbahn, die **El** (von „elevated": erhöht), umschließt den bedeutendsten Teil von Downtown in einer großen Schleife. Außerhalb dieser **Loop** genannten Kreisbahn spielt sich das Leben hauptsächlich rund um die Michigan Avenue, die so genannte **Magnificent Mile** mit ihren zahllosen Geschäften, Hotels und Einkaufszentren, ab, und besonders am Wochenende gilt die Lakefront mit der grünen Lunge Grant Park für die Bewohner Chicagos als erste Adresse.

❶ Sears Tower
❷ Chicago Board of Trade
❸ Carson Pirie Scott
❹ Buckingham Fountain
❺ Art Institute of Chicago
❻ Chicago Cultural Center
❼ Wrigley Building
❽ Chicago Tribune Tower
❾ Water Tower
❿ John Hancock Center
⓫ Hard Rock Cafe
⓬ Planet Hollywood
⓭ Pizzeria Uno
⓮ Rock 'n' Roll McDonald's
⓯ Blue Chicago
⓰ Merchandise Mart

CHICAGO

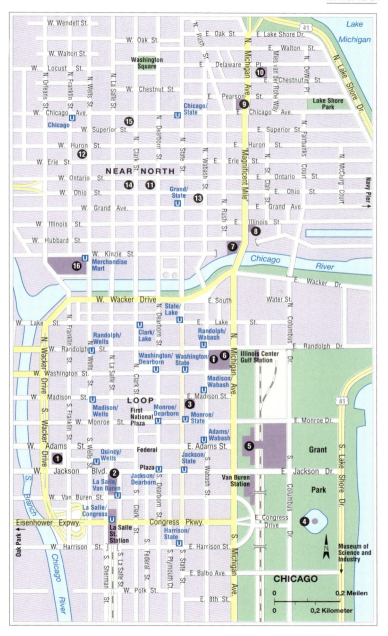

CHICAGO

für den Achtstundentag. Unabhängig von den sozialen Problemen gelang es der Stadt, positive Schlagzeilen zu machen. Die Weltausstellung von 1893 lockte 27 Mio. Besucher an.

Bis heute hat sich Chicago nicht ganz von dem Ruf der wilden 20er erholt, als während der Prohibition Gangstersyndikate wie die des berüchtigten Al Capone das Leben bestimmten. In den Jahren nach dem Zweiten Weltkrieg stieg die Stadt zu einem der wichtigsten Finanzplätze der Welt auf.

Baseball mit Tradition

Baseball mit einem Schuss Historie bieten die **Chicago Cubs**, das älteste Profi-Team der Welt. Bei den Heimspielen im tollen Wrigley-Field-Stadion ist die Stimmung immer riesig (1060 W. Addison St., Spielplan unter ☎ 773/404-2827).

Vom **Sears Tower zum Grant Park

Als Ausgangspunkt für eine Besichtigung Chicagos empfiehlt sich das markanteste Gebäude der Stadt, der 443 m hohe **Sears Tower** ❶, Verwaltungsbau des Versandhauses. Die neun quadratischen, ineinander verschachtelten Türme waren bis 1996 die höchsten Bürotürme der Welt. Eine Fahrt zur Aussichtsplattform im 103. Stockwerk gehört zum Pflichtprogramm. Der Expressfahrstuhl schafft die 400 m in einer Minute – ein beeindruckender Ausblick weit über das Stadtgebiet wartet oben (◯ Skydeck März–Sept. 9–23, Okt.–Feb. 9–22 Uhr.)

Nirgendwo auf dem Globus gibt es bessere Spare Ribs als bei **Carson's** – sagen jedenfalls die Einheimischen. Lange Schlangen, keine Reservierung möglich (612 N. Wells Street, ☎ 312/280-9200, tgl. 11–23, So ab 16 Uhr).

Im benachbarten Finanzdistrikt dominiert das 44-stöckige, im Art-déco-Stil gehaltene **Chicago Board of Trade Building** ❷ die Szenerie. Die älteste und größte Warenterminbörse der Welt steht Besuchern offen (◯ Mo–Fr 9 bis 13.15 Uhr).

Die erste bedeutende Skulptur, auf die das Auge fällt, ist Alexander Calders **Flamingo** auf der Federal Plaza. Diese rote, bogenförmige Stahlkonstruktion gilt als Wahrzeichen für die Sammlung moderner Plastiken im Loop. Ein Stück nördlich davon, auf der First National Plaza, steht seit 1981 Marc Chagalls riesiges Mosaik **The Four Seasons** und zwei Blocks weiter ein unbetiteltes Werk von Pablo Picasso (1967).

Der Wettstreit zwischen den regionalen Kaufhausketten Marshall Field & Company einerseits und Carson Pirie Scott andererseits ist, zumindest was die Flaggschiffe der beiden Unternehmen angeht, längst entschieden. Der **Carson Pirie Scott and Company Store** ❸, ein von Louis H. Sullivan konzipiertes Kaufhaus mit reicher Ornamentik auf der Terrakottafassade, sticht Field aus.

Jenseits der Michigan Avenue liegt mit dem **Grant Park** die grüne Lunge der Stadt. Binnen Minuten hat man die Großstadthektik hinter sich gelassen und trifft auf Skater, Spaziergänger, Gaukler und Jongleure. Mitten im Grant Park am Columbus Drive befindet sich der **Buckingham Fountain** ❹, der weltweit größte Springbrunnen.

**Art Institut of Chicago

Die Energie, die man beim Bummel durch den Park getankt hat, benötigt man dringend beim Besuch des **Art Institut of Chicago** ❺, einem absoluten Muss für jeden Kunstinteressierten. Bereits im Hof gibt Henry Moores Skulptur **Large Interior Form** einen Vorgeschmack auf die reichen Schätze im Museum.

Das Museum selbst, untergebracht in einem im Beaux-Arts-Stil für die Welt-

CHICAGO

ausstellung 1893 konstruierten Gebäude, beheimatet eine der umfangreichsten Kunstsammlungen der Welt mit Exponaten von allen Kontinenten – von Gemälden über Graphiken und Skulpturen bis hin zu Fotografien. Berühmt ist das Art Institute für seine Sammlung französischer Impressionisten und Postimpressionisten sowie für ethnographischen Kult- und Kunstgegenstände aus Asien, Afrika und Amerika (◐ Mo, Mi–Fr 10.30–16.30, Di 10.30–20, Sa 10–17, So 12–17 Uhr).

Auf der Michigan Avenue

Der Weg führt nun weiter nach Norden. An der Ecke zur Randolph Street liegt das **Chicago Cultural Center** ❻. Es dient nicht nur als Anlaufstelle für Stadtbesucher, die hier Informationen aller Art bekommen (s. S. 46), vielmehr finden hier auch Ausstellungen, Konzerte und Lesungen statt.

 Einige hundert Meter weiter nördlich jenseits des Chicago River beginnt die **Magnificent Mile,** eine der berühmtesten Einkaufsstraßen Amerikas.

Direkt jenseits der 1920 fertig gestellten Brücke steht auf der linken Seite das **Wrigley Building** ❼, das der Kaugummikönig 1921 in Anlehnung an die während der Weltausstellung 1893 entstandenen Gebäude errichten ließ. Der Uhrturm ist eine Nachbildung der Giralda von Sevilla.

Schräg gegenüber bestimmt der neogotische **Chicago Tribune Tower** ❽ seit 1925 die Szenerie. In der Außenfassade sind Fragmente berühmter Bauwerke aus aller Welt eingelassen, so z. B. Teile der ägyptischen Pyramiden, der Westminster Abbey und der Berliner Mauer.

Markantester Punkt auf der an exklusiven Geschäften und noblen Hotels reichen North Michigan Avenue ist der 1869 erbaute **Water Tower** ❾.

Schräg gegenüber bietet das *****John Hancock Observatory** ❿, der kleine

Skyline mit 443 m hohem Sears Tower am Chicago River

Alexander Calders „Flamingo" auf der Federal Plaza

Buckingham Fountain im Grant Park

Polyglott **45**

CHICAGO

Bruder des Sears Tower und dritthöchstes Gebäude der Stadt, eine gute Aussichtsalternative, wenn sich beim Original wieder einmal zu lange Warteschlangen gebildet haben (◷ tgl. 9–24 Uhr).

Im Vergnügungsviertel

Die Ohio Street, ein Stück südwestlich gelegen, führt in ein Gebiet, das sich in den vergangenen Jahren zum Nacht- und Vergnügungsviertel der Stadt entwickelt hat. Hier finden sich sowohl die Filialen von **Hard Rock Cafe** ⓫ und **Planet Hollywood** ⓬ als auch die originale **Pizzeria Uno** ⓭, in der in den 40er Jahren die weltberühmte *Deep Dish Pizza* erfunden wurde.

Ein Unikum …

… ist der unübersehbare **Rock 'n' Roll McDonald's** ⓮, eine nur auf den ersten Blick gewöhnliche Filiale der berühmten Bulettenbraterei. Tatsächlich beheimatet dieses McDonald's-Restaurant ein hervorragendes Rock- und Pop-Museum.

Späten abends empfiehlt sich der Besuch im **Blue Chicago** ⓯, dem besten Blues-Club der Stadt.

Abseits des Wegs

Der markante Bau des **Merchandise Mart** ⓰ mit seiner enormen Grundfläche prägt das Stadtbild an der Wells Street nahe dem Chicago River. Die wahren Ausmaße dieses Art-déco-Kolosses lassen sich erahnen, wenn man durch die unteren Stockwerke schlendert, in denen ein Einkaufszentrum untergebracht ist.

Die Betreiber des **Navy Pier** haben der Silhouette von Sears Tower & Co. noch ein lichterfunkelndes Riesenrad hinzugefügt. Der auf 20 000 Holzbalken ruhende Pier, der 1000 m in den Lake Michigan hineinragt, wurde Ende der 80er Jahre in ein Erholungs- und Kulturzentrum umfunktioniert. Auf den kleinen Musikbühnen, im Freilichttheater und in den zahlreichen Restaurants und Boutiquen herrscht reges Treiben. Der Pier beherbergt auch das **Chicago Children's Museum** und ist die Ablegestelle für Flussfahrten und Dinner-Cruises auf dem See.

Das unbedingt sehenswerte ∗∗**Museum of Science and Industry** bietet 2000 Exponate in 75 Ausstellungshallen. Es ist ein Museum zum Anfassen (57th St./Lake Shore Dr.).

Praktische Hinweise

Chicago Office of Tourism, Chicago Cultural Center, 78 E. Washington St., ☎ 312/744-2400, 🖷 744-2359.
Visitor Center im Cultural Center, ◷ Mo–Fr 10–18, Sa 10–17, So 12–17 Uhr.
Visitor Center im Water Tower, 806 N. Michigan Ave., ☎ 312/280-5740; ◷ Mo–Fr 9.30–18, Sa 10–18, So 11–17 Uhr.

✈ **Chicago O'Hare Airport,** 25 km nordwestl., von Deutschland aus tgl. Nonstopflüge. Taxifahrt in die Stadt: ca. 25 $; die unbequeme U-Bahn-Fahrt (CTA): 1,50 $, tagsüber Abfahrt alle 10 bis 15 Min.; Airport-Express-Busse ins Zentrum und in den Norden: ab 15 $.
🚆 **Amtrak-Züge** aus allen Landesteilen kommen in der Union-Station, Adams/Canal Sts., an, dem größten Bahnhof der USA (☎ 312/558-1075).
🚌 Die **Greyhound-Busstation** befindet sich in der 630 W. Harrison St. (☎ 312/408-5883).

Ritz Carlton, 160 E. Pearson St., ☎ 312/266-1000, 🖷 266-1194. Luxushotel an der Magnificent Mile mit tropisch angehauchter Lobby im 12. Stock. $))
Palmer House, 17 E. Monroe St., ☎ 312/726-7500, 🖷 263-2556. Prunkvolle Lobby in einem Hotel mit Geschichte. $)–$))

CHICAGO

Motel 6, 162 E. Ontario St., ☎ 312/787-3580, 📠 787-1299. Einziges Innenstadthotel der Billigkette, unschlagbare Lage. $

Ohio House Motel, 600 N. LaSalle St., ☎ (312) 943-6000, 📠 943-6063. Nahe Unterhaltungsviertel, freies Parken. $

Michael Jordan's, 500 N. LaSalle St., ☎ 312/644-3865. Die Lieblingsgerichte von Basketball-Michael. $

Prairie, 500 S. Dearborn St., ☎ 312/663-1143. Eine gute Gelegenheit, Büffelsteak zu kosten. $

Ed Debevic's, 640 N. Wells, ☎ 312/664-1707. Ein Klassiker in Chicago. Besseres Chili und bessere Hot Dogs gibt es fast nirgendwo in der Stadt. $

Gino's East, 160 E. Superior, ☎ 312/943-1124. Drei Taxifahrer gründeten diese Riesenpizzeria, die so gut ankommt, dass sich immer lange Warteschlangen bilden. $

Neogotischer Chicago Tribune Tower von 1925 neben einem Wolkenkratzer neuerer Machart

Jazzmusiker im Atrium des Art Institute of Chicago

Tour d'Architektur

Die Architekten, die Chicagos Skyline prägten, haben nah am Wasser gebaut. Die bedeutendsten Werke von weltberühmten Architekten wie Ludwig Mies van der Rohe, Skidmore, Owings & Merrill, Bertrand Goldberg oder Helmut Jahn sind am Chicago River aufgereiht wie Perlen auf einer Schnur.

Natürlich kann man zu Fuß die Wolkenkratzerlandschaft erkunden, eine wesentlich elegantere und bequemere Art, die Architekten und die Architektur der Stadt kennen zu lernen, bietet die Chicago Architecture Foundation mit ihren Bootsfahrten zum Thema, die den Chicago River entlang und hinaus auf den Lake Michigan führen. In knapp 90 Minuten bekommen die Fahrgäste einen umfassenden Überblick über die Architekturgeschichte geboten und können anschließend sogar die wichtigsten Baustile auseinander halten. (Treffpunkt an der südöstlichen Ecke dert Michigan-Avenue-Brücke ⊙ tgl. 10, 11, 12, 13, 14 und 15 Uhr, im Winter Mo–Fr 11, 13 und 15 Uhr, Sa/So 11, 12, 13, 14 und 15 Uhr, Reservierung unter ☎ 312/902-1500.)

Für neue und alte Architekturfans bietet sich ein Besuch in Oak Park an, ein durch die Bauten Frank Lloyd Wrights berühmt gewordenes Wohnviertel mit fast musealem Charakter. Im Besucherzentrum an der Forest Avenue 168 werden Walkmen mit Tourenkassetten verteilt, die mit dem Leben und Schaffen Wrights und seinem Prairie-House-Stil vertraut machen.

**New Orleans

Ein Cocktail aus purer Lebensfreude

Auf den ersten Blick haben die Bewohner von New Orleans wahrlich nicht das große Los gezogen. Wenn sie nicht gerade die Folgen des letzten Hurricanes oder eines der zahlreichen Mississippi-Hochwasser beseitigen, leiden sie unter der fast allgegenwärtigen, nahezu unerträglichen Schwüle, gegen die Klimaanlagen wie Deckenventilatoren beinahe machtlos sind. Trotz (oder gerade wegen?) aller Widrigkeiten aber haben die Menschen in „Nawlins" eine unbekümmerte, mitreißende Lebensart entwickelt, die die Stadt zu einem der reizvollsten Reiseziele der USA macht.

„The Big Easy"

Der Spitzname von New Orleans, kommt nicht von ungefähr. Kaum irgendwo in Amerika herrschen derart lockere Alkoholgesetze, die es sogar erlauben, Drinks aus den Lokalen mit auf die Straße zu nehmen. Den beliebtesten Cocktail der Stadt, den „Hurricane", bekommen Touristen überall für ein paar Dollar serviert. Den köstlichsten gibt es gar kostenlos: Französisches Savoir-vivre, gemixt mit amerikanischer Lässigkeit und spanischem Temperament – abgeschmeckt mit den Voodoo-Geheimnissen der Karibik.

Wer ein Stück vom Voodoo-Zauber mitnehmen will, ist bei **Marie Laveau´s House of Voodoo** an der richtigen Adresse. Zu Risiken und Nebenwirkungen ... (739 Bourbon St., ☎ 504/581-3751, tgl. 10–23.30, Sa 10–0.30 Uhr).

Geschichte

New Orleans war nicht immer geprägt von dem Flair, das Touristen aus aller Welt heute anlockt. Der französische Entdecker Sieur de la Salle nahm das unwirtliche Land um die Mississippimündung 1682 für Frankreich in Besitz und nannte es zu Ehren des Sonnenkönigs Louis XIV Louisiana. 36 Jahre später gründete Jean Baptiste Le Moyne, Sieur de Bienville, im Auftrag des französischen Königs an der Stelle, an der sich heute das French Quarter befindet, eine Siedlung. Diese erhielt den Namen La Nouvelle Orléans. Der französische Plan, Nouvelle Orléans zur bedeutendsten Hafenstadt der Region zu machen, war nur noch Makulatur, als Louisiana 1762 an Spanien überging. Unter Napoleon war das Territorium zwar kurzzeitig wieder französisch, wurde aber 1803 im Rahmen des Louisiana Purchase an die USA veräußert. In der Folgezeit entwickelte sich New Orleans zur viertgrößten Hafenstadt der Welt. Der Bürgerkrieg setzte dem Aufschwung der jungen Stadt ein Ende. Erst zu Beginn des 20. Jhs., als vor der Küste Öl gefunden wurde, begann eine neue Blütezeit. Heute besitzt New Orleans den zweitgrößten See- und Binnenhafen der USA, ist Zentrum der Seefischerei und Sitz zahlreicher Industriebetriebe.

**French Quarter

Dreh- und Angelpunkt von New Orleans ist die Altstadt, die sich über knapp 90 Straßenblocks erstreckt. Die meisten Häuser innerhalb des auch Vieux Carré genannten Gebiets stehen hier schon seit mehr als 100 Jahren und sind somit für US-Verhältnisse steinalt. Obwohl es sich im French Quarter durchweg um Originalbauten im Südstaatenlook handelt, die bis heute bewohnt sind, ist der erste unwillkürliche Eindruck, auf eine Filmkulisse hereingefallen zu sein, nicht ganz falsch. Während die schmalen Gassen in den Morgenstunden für den Verkehr frei

NEW ORLEANS

gegeben sind, machen Sperrschilder im Laufe des Tages das Viertel mehr und mehr zur Fußgängerzone, in der Tag für Tag die größte Open-Air-Party des Landes steigt.

 In der **Bourbon Street** kämpfen schon am helllichten Tag die Animateure der Stripteaselokale um Kunden, locken ebenso wie in der parallel verlaufenden Royal Street die Bars mit Live-Jazz, und bauen unzählige Bands ihre Instrumente auf der Straße auf.

Vom Jackson Square zum Mississippi River

Der **Jackson Square** am südlichen Rand des French Quarter ist der zentrale Platz des Viertels. Straßenmusiker, Kleinkünstler und Tarot-Kartenleser hoffen auf die Gunst der Flanierer. Aufmerksamkeit beansprucht die **St. Louis Cathedral** ❶, die mächtige, weiß getünchte Kathedrale im spanischen

Am Jackson Square

❶ St. Louis Cathedral
❷ Cabildo
❸ Café du Monde
❹ French Market
❺ Moon Walk
❻ Farmers Market
❼ Old U.S. Mint
❽ Old Ursuline Convent
❾ Beauregard-Keyes-House
❿ New Orleans Historic Voodoo Museum
⓫ Preservation Hall
⓬ Aquarium of the Americas
⓭ Riverwalk Marketplace

NEW ORLEANS

Mardi Gras – Feiern bis zum Abwinken

Wer den Namen New Orleans hört, assoziiert damit sofort den Mardi Gras, die Südstaatenvariante des Karnevals. Obwohl Mardi Gras offiziell am 6. Januar beginnt, verwandelt sich die partyerprobte Stadt besonders an den 12 Tagen bis zum „fettigen Dienstag", der auf dasselbe Datum fällt wie der deutsche Faschingsdienstag, in ein Tollhaus. Die 25 000 Hotelzimmer der Region sind Monate im Voraus ausgebucht, Tausende von Touristen säumen die Straßen bei den Umzügen, die Müllmänner sammeln 2000 t zusätzlichen Abfall ein, die Besitzer der Restaurants und Bars freuen sich über 500 Mio. Dollar, die in die Kassen fließen.

Die Feierlichkeiten folgen einem strengen Protokoll. Beinahe 50 Paraden, die während dieser Zeit durch die Stadt ziehen, werden von den Karnevalsvereinen, den *Krewes*, organisiert. Stets führt der „König" des Vereins den Umzug an, gefolgt von etwa zwei Dutzend Motivwagen. Die Stimmung ist dabei ähnlich ausgelassen wie beim Karneval in Rio, die Menschen tanzen in den Straßen und machen nach dem Umzug die Nacht zum Tage. Die wichtigsten Umzüge finden natürlich direkt am Mardi Gras statt, Höhepunkt des Tages ist die Ankunft von Rex, dem einzigen König, der seine Maske erst am Schluss des Festes lüftet.

Design mit ihren drei schlanken Türmen. Seit 1794 werden hier Messen gefeiert. Linker Hand der Kirche befindet sich das **Cabildo** ❷, in dem 1803 der Louisiana-Landverkauf an die USA besiegelt wurde.

Am Besucherzentrum (s. S. 51) vorbei, gelangt man zum berühmten **Café du Monde* ❸. Spezialität ist seit den 60er Jahren des 19. Jhs. der *Café au lait*, der rund um die Uhr serviert wird.

Das Café ist Teil des historischen **French Market** ❹, eines lang gezogenen, einstöckigen Baus, in dem seit 1812 Geschäfte gemacht werden.

Tipp Nur einen Steinwurf vom Café entfernt, legt der Schaufelraddampfer **Natchez* ab. Die Fahrt ist für Nostalgiker ein Erlebnis. Staunend erfahren die Besucher, dass die Schiffsglocke mit 150 Silberdollarstücken ausgekleidet wurde, weil das einen sauberen Klang ergeben sollte. Während der Tour ist für Technikinteressierte der Maschinenraum geöffnet (Abfahrt tgl. 11.30 und 14.30, im Sommer auch 19 Uhr; ☎ 504/586-8777). Die Natchez entlässt ihre Passagiere wieder auf die Mississippi-Uferpromenade, die aus unerfindlichen Gründen **Moon Walk** ❺ genannt wird. Ein Spaziergang in nördlicher Richtung – oder die Fahrt mit einer klapprigen Straßenbahn, wie sie angeblich Tennessee Williams zu seinem Stück „Endstation Sehnsucht" inspirierte – endet am **Farmers Market** ❻, wo Bauern aus dem Umland ihre Produkte verkaufen.

Geschichte und Musik

In der **Old U.S. Mint** ❼ werden keine Münzen mehr geprägt, stattdessen sind hier inzwischen ein *Jazz-* und ein *Karneval-Museum* beheimatet. Glanzstück der Jazz-Ausstellung ist Louis Armstrongs erste Trompete, in der Karneval-Abteilung entschädigen Masken, Kostüme und Mardi-Gras-Wagen alle, die nicht während des Karnevals in der Stadt sein können.

Ein weiteres interessantes Museum zum Thema Mardi Gras befindet sich übrigens im Stadtteil Algiers. In **Blaine Kern's Mardi Gras World** wird schon an den Motivwagen von morgen gewerkelt (233 Newton St.; ⏰ tgl. 9.30 bis 16.30 Uhr).

NEW ORLEANS

Zwei stumme Zeugen des alten New Orleans sind das **Old Ursuline Convent** ❽ und das **Beauregard-Keyes-House** ❾. Das im französisch-kreolischen Stil erbaute Old Ursuline Convent gilt als ältestes Haus der Region. Die Nonnen gründeten hier 1752 die ersten Schulen für Schwarze und Indianer. Frances Parkinson Keyes, eine lokalpatriotische Autorin, schrieb im Beauregard-Keyes-House 40 ihrer Romane (◷ Mo–Sa 10–15 Uhr).

Mississippidampfer am Ufer des legendären Stroms

Wer die Nerven hat, sich mit der unheimlichen Geschichte des Voodoo-Kults zu beschäftigen, ist im *** New Orleans Historic Voodoo Museum** ❿ an der richtigen Adresse (◷ tgl. 10 Uhr bis Sonnenuntergang).

 Eine Institution ganz anderer Art ist die *** Preservation Hall** ⓫, der berühmteste Jazz-Treffpunkt von New Orleans. Abend für Abend spielen hier die besten Jazz-Interpreten. Wer nicht lange vor der offiziellen Öffnungszeit von 20 Uhr in der Schlange der Fans steht, hat kaum eine Chance herein zu kommen.

Abseits der Hauptroute

Einige Attraktionen knapp außerhalb des alten Viertels gehören in jeden Besichtigungsplan. Das *** Aquarium of the Americas** ⓬ z. B. mit seinen fünf Hauptausstellungshallen ist eines der besten Aquarien des Landes (◷ So–Do 9.30–18, Fr/Sa 9.30–20 Uhr).

Im French Quarter, dem Herzstück von New Orleans

 Ein Stück weiter am Ufer entlang entstand der **Riverwalk Marketplace** ⓭ mit seinen über 200 Geschäften und Restaurants, in dem es sich gut einkaufen lässt.

Praktische Hinweise

 New Orleans Metropolitan Convention and Visitors Bureau, 1520 Sugar Bowl Dr., New Orleans, LA 70112, ☏ (504) 566-5005, 📠 566-5046. **Visitor Information Center,**

Eingang zum Riverwalk Marketplace, einem Lagerhauskomplex mit über 200 Geschäften und Restaurants

NEW ORLEANS

529 St. Ann St., ☎ (504) 566-5031; ⏰ tgl. 9–17 Uhr.

✈ Der **New Orleans International Airport** liegt 24 km westl. von New Orleans. Der Airport-Shuttle verkehrt rund um die Uhr und fährt die wichtigsten Hotels in der Innenstadt an (10 $, ☎ 504/592-0555).

🚂 Amtrak bietet Verbindungen von New Orleans zu den wichtigen Metropolen des Landes (1001 Loyola Ave., ☎ 504/528-1610).

🚌 Greyhound-Linien verkehren ab Bahnhof (1001 Loyola Ave., ☎ 504/524-3136). Für die innerstädtischen Busse und Straßenbahnen gibt es günstige Tages- und Dreitagetickets.

Chateau Sonesta Hotel, 800 Iberville St., ☎ (504) 586-0800, 📠 565-4556. Hinter der Fassade von 1913 verbirgt sich ein topmodernes Hotel. $$$

Hotel Ste. Hélène, 508 Chartres St., ☎ (504) 522-5014 oder (1-800) 348-3888, 📠 523-7140. Stilechtes Minihotel im French Quarter. $–$$$

Bourbon Orleans Hotel, 717 Orleans St., ☎ (504) 523-2222, 📠 525-8166. Beliebtes Hotel, das einen ganzen Block im French Quarter einnimmt, und als eines von wenigen Häusern einen Pool besitzt. $

Chateau Motor Hotel, 1001 Chartres St., ☎ (504) 524-9636, 📠 525-2989. Elegantes und trotzdem preiswertes Hotel, in dem jedes Zimmer individuell gestaltet ist. $–$$

Arnaud's, 813 Bienville St., ☎ 523-5433. Sehr gemütlich. Kreolische Küche. $$

Court of Two Sisters, 613 Royal St., ☎ 522-7261. Täglicher Jazz-Brunch im Innenhof. $

Royal Cafe, 700 Royal St., ☎ 528-9086. Rundumbalkon, auf dem man im Freien speisen kann, sehr beliebt im French Quarter. $

The Gumbo Shop, 630 Saint Peter St., ☎ 525-1486. Phantastische Cajun-Küche, Seafood; Gumbo ist die Spezialität des Hauses. $

Napoleon House, 500 Chartres St., ☎ 524-9752. Angeblich wurden hier Pläne geschmiedet, Napoleon nach New Orleans zu entführen. $

Commander's Palace, 1403 Washington Ave., ☎ 899-8221, ⏰ tgl. 18–22, Mo-Fr 11.30–14 Uhr.
Wird weit über die Stadtgrenzen hinaus für seine Desserts gerühmt. Die Zitronen-Crêpes sind legendär.

Swamp-Bootstouren

Wer sich mit eigenen Augen davon überzeugen will, dass New Orleans tatsächlich von Sümpfen umgeben ist, braucht kaum 20 km zu fahren. Die Zahl der Veranstalter, die von den Vororten der Stadt aus Swamp-Bootstouren organisieren, ist riesig. Bei den ein- bis zweistündigen Bootstrips bekommt man einen sehr nachhaltigen Eindruck von der Flora und Fauna in den Feuchtgebieten und kann Biberratten, Wasserschlangen und Waschbären aus nächster Nähe beobachten. Um den Touristen eine ganz besondere Attraktion zu bieten, hat sich bei vielen Bootsführern die Unsitte eingebürgert, Alligatoren mit Marshmallows anzulocken – trotz Protests von Naturschützern und zum Schaden der Tiere.

Chacahoula Bayou Tours, 492 Louisiana St., Westwego, ☎ (800) 299-7861; ⏰ im Sommer tgl. um 9.30 und 13.30 Uhr.

Jerome Dupre

Wenn man nach einer Empfehlung für die beste Fahrt über die Bayous, die kleinen Flussausläufer des Mississippi, fragt, taucht immer wieder dieser Name auf. Der Naturliebhaber kreolischer Abstammung, dessen Familie seit 1785 in der Region lebt, hat sich für seine Ausflüge eines der schönsten Sumpfgebiete der Gegend ausgesucht, den Bayou Segnette in Westwego.

Route 1

Der Sonne entgegen

***New York – **Philadelphia –
**Washington D.C. – *Charleston –
*St. Augustine – Daytona Beach –
Orlando – Miami und Miami Beach
(2568 km)

Zu behaupten, die Einwohner der
Ostküste seien von der Sonne verwöhnt, wäre eine Übertreibung, denn
dort kann es selbst im Sommer zu
heftigen Temperaturschwankungen
kommen. Zum Glück liegt der Sunshine State Florida für amerikanische
Verhältnisse relativ nah. Die Route
von New York in Richtung Süden
führt durch die Städte Philadelphia
und Washington und dann die Küste
entlang, auf die die Oststaatler zu
Recht sehr stolz sind. Besonders die
reizvolle Landschaft Floridas macht es
schwer, das Ziel Miami nicht aus den
Augen zu verlieren. Ein Traumstrand
nach dem anderen lädt ein, die Tour,
für die man gut zwei Wochen einplanen sollte, zu unterbrechen oder
als Badeurlaub zu beenden.

Tipp Beim Verlassen ***New Yorks
(s. S. 28) hat man von der
GWB, der George Washington Bridge,
aus einen letzten spektakulären Blick
auf die Skyline. Die gebührenpflichtige
I-95, die durch New Jersey führt, gilt
als meistbefahrene Straße des Landes.

**Philadelphia

Die Stadt am Delaware River (1,6 Mio.
Einw.; 188 km) wird oft und gerne als
„Wiege der Nation" bezeichnet. In der
fünftgrößten Metropole Amerikas wurde die amerikanische Unabhängigkeitserklärung zu Papier gebracht und die
Verfassung des jungen Landes ausgearbeitet.

Ausflug in die Vergangenheit

Die Stätten des Unabhängigkeitskampfes befinden sich im *Independence
National Historical Park im Stadtzentrum. Als Ausgangspunkt für einen
Spaziergang empfiehlt sich das **Visitor Center** (3rd/Chestnut Sts.). Von hier ist
es nur ein kurzes Stück bis zur **Carpenters' Hall**. In dem zweistöckigen Ziegelsteingebäude trat 1774 der First National Congress mit Abgesandten von
zwölf amerikanischen Kolonien zusammen (320 Chestnut St.; Di-So
10-16 Uhr).

Am **Franklin Court** ehrt Philadelphia
seinen einflussreichsten Bürger, Benjamin Franklin (1706-90). Stahlsäulen
kennzeichnen die Stelle, an dem sein
Heim stand. Ein unterirdisches Museum stellt das Multitalent näher vor
(Market St. zwischen 3rd und 4th Sts.).
Mehrfachbegabungen scheinen ein
Charakteristikum der Einwohner Philadelphias gewesen zu sein. Andrew
Hamilton, der Architekt des Pennsylvania State House, der heutigen *Independence Hall, verdiente sein Geld eigentlich als Anwalt. Das Gebäude mit
dem eigenwilligen achteckigen Turm
war Sitz der Kolonialverwaltung und
Nukleus der Unabhängigkeitsbewegung.

Historische Ereignisse

Berühmt wurde die Independence
Hall durch zwei Ereignisse von historischer Tragweite: die Unterzeichnung der Unabhängigkeitserklärung
am 4. Juli 1776 und die Ausarbeitung der Verfassung 1787 (Chestnut
St. zwischen 5th-6th Sts.).

Lange Zeit beherbergte die Independence Hall das wichtigste Freiheitssymbol Amerikas, die *Liberty Bell*. Zur 200-
Jahr-Feier der Unabhängigkeit bekam
die berühmte Glocke einen eigenen
Ehrenplatz: am *Liberty Bell Pavilion
(Market St. zwischen 5th und 6th Sts.).

PLAN ROUTE 1

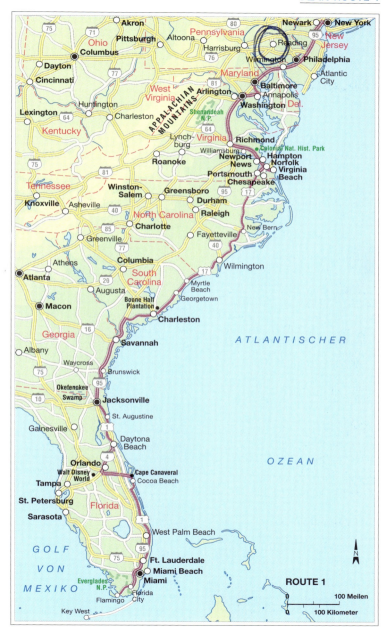

ROUTE 1

Um Pennies, Nickels und Dimes dreht sich alles bei der **United States Mint**. Die weltgrößte Münzprägeanstalt erlaubt von einer Galerie aus einen Blick auf die riesigen Geldmaschinen, die täglich 30 Mio. Münzen ausspucken (5th/Arch Sts.; Mo–Fr 9–16.30 Uhr, im Sommer auch Sa/So).

Museen

Ein Highlight ist das ***Philadelphia Museum of Art** mit über 300 000 Gemälden, Skulpturen und historischen Gegenständen aus Europa, Asien, der USA (26th St./Benjamin Franklin Pkwy.). Das ***Rodin Museum** zeigt die größte Werkschau des Künstlers außerhalb von Paris (22nd St./Benjamin Franklin Pkwy.).

Philadelphia Convention & Visitors Bureau, 1515 Market St., Philadelphia, PA 19102, ☎ 215/636-3300, 🖷 636-3327. Visitor Center, 16th St./JFK Blvd., ☎ 215/636-1666, 🖷 636-3403.

Outlet-Shopping

Reading, eine Autostunde nordwestlich von Philadelphia, gilt als Welthauptstadt des Outlet-Shopping. Ob Jeans oder Kochtöpfe, hier gibt es in 300 Geschäften alle nur erdenklichen Waren aus Überproduktionen (Reading & Berks County Visitor Bureau, ☎ 610/375-4085).

Sheraton Society Hill, 1 Dock St., ☎ 215/238-6000, 🖷 238-6652. Liebevoll restauriertes, romantisches Haus der Sheraton-Gruppe nahe den Independance-Attraktionen. $-$$
Shippen Way Inn, 418 Bainbridge St., ☎ 215/627-7266. Gemütliches, preisgünstiges B & B-Hotel; Nichtraucherzimmer. $-$

Bookbinder's Old Original, 215 S. 15th St., ☎ 215/545-1137. Hier gibt es das beste und teuerste Seafood der Stadt. Gediegene Atmosphäre $$$
Tiramisu, 528 S. Fifth St., ☎ 215/925-3335. Außergewöhnliche Spezialität: die Gerichte der römischen Juden des 18. Jhs. $-$$

Ausflug nach Atlantic City

Ein interessanter Abstecher führt ca. 80 km Richtung Westen nach Atlantic City (38 000 Einw.). Die nach Las Vegas zweitgrößte Zockermetropole Amerikas bietet eine kuriose Mischung aus Faszination, Sommerfrische und Nervenkitzel. Der Badeort am Atlantik war schon lange auf dem absteigenden Ast, als er 1976 die Erlaubnis zum Betreiben von Glücksspielen erhielt. Die am **Boardwalk,** der 8 km langen Holzpromenade, aufgereihten Kasinos verstehen es, den jährlich 37 Mio. Gästen auch den letzten Dollar aus der Tasche zu ziehen.

Das **Trump Taj Mahal** (1000 Atlantic Ave.) ist das prunkvollste Kasino am Boardwalk, selbst wenn im Innern der Riesenspielhölle der Lack längst ab ist. *Rolling Chairs,* Rikschas in Strandkorbform, bringen die meist ältere Kasinokundschaft von diesem Boardwalk-Ende zum anderen. Dort erwuchs dem Baulöwen Trump Konkurrenz, besonders vom marmorstrotzenden *Caesars* (2100 Atlantic Ave.), das direkt am 1906 in Form eines Ozeandampfers gebauten *Million Dollar Pier* liegt.

Das **Atlantic City Historical Museum** auf dem Garden Pier beschäftigt sich mit der Geschichte des einst mondänen Badeortes (tgl. 10–15.45 Uhr).

Greater Atlantic City Convention & Visitors Bureau, 2314 Pacific Ave., Atlantic City, NJ 08401, ☎ 609/348-7100, 🖷 348-7100.

*Annapolis

Von Philadelphia aus geht es weiter auf der I-95 nach Süden. Ab Baltimore führt ein kleiner Schlenker über die

I-97 nach Annapolis (33 000 Einw.; 398 km), der Kapitale von Maryland. Obwohl Annapolis beinahe 100 km von der Atlantikküste entfernt liegt, verfügt das Städtchen doch über einen respektablen Salzwasserhafen – die lang gezogene Chesapeake Bay macht's möglich. Hier hat sich eine der renommiertesten Ausbildungsstätten der Marine, die 1845 gegründete **United States Naval Academy** (Eingang King George/Randall Sts.), angesiedelt. Ein kleines Museum in der **Preble Hall** dokumentiert die Geschichte der Navy-Schmiede. Im Zentrum von Annapolis am State Circle ist das **Maryland State House** von 1772 unübersehbar. In diesem Parlamentsgebäude wurde 1784 der Vertrag von Paris unterzeichnet, der den Unabhängigkeitskrieg offiziell beendete.

Statue von William Penn, dem Gründer der Kolonie Pennsylvania

Von der damaligen Hauptstadt sind es 50 km bis zur Hauptstadt von heute, ****Washington D.C.** (448 km; s. S. 36).

Richmond

Auf der I-95 gelangt man nach Richmond (203 000 Einw.; 623 km), Virginias Hauptstadt. 1775 wurden in der **St. John's Church** emotionsgeladene Reden für die Unabhängigkeit gehalten, keine 100 Jahre später, im Sezessionskrieg, fungierte Richmond als Hauptstadt der Südstaaten. Natürlich darf in der Konföderiertenhauptstadt auch ein Bürgerkriegsmuseum, das **Museum of the Confederacy** (1201 E. Clay St.), nicht fehlen. Direkt nebenan befindet sich das **White House of the Confederacy,** in dem der Südstaatenpräsident Jefferson Davis lebte.

Philadelphia Museum of Art

Aber Richmond kann nicht nur mit politischer Geschichte aufwarten. 13 Jahre hielt es der ruhelose Edgar Allen Poe hier aus, länger als irgendwo sonst in Amerika. **The Poe Museum/Richmond's Oldest House** würdigt den

Kasinohotels am Strand der Spielerstadt Atlantic City

ROUTE 1

berühmten Literaten (1914 E. Main St.; Di–Sa 10–16, So/Mo 12–16 Uhr). **Das Virginia Museum of Fine Arts** bietet eine der größten Kunstsammlungen des Südens u. a. mit Werken von Degas, Monet und Goya (2800 Grove Ave.).

Metro Richmond Convention & Visitor's Bureau, 550 E. Marshall St., Richmond, VA 23219, ☎ 804/782-2777. Visitor Centers, 1710 Robin Hood Rd., 101 N. 9th St.

*Williamsburg

Von Richmond aus geht es auf der I-64 Richtung Atlantik. 13 Jahre bevor die Pilgerväter in Plymouth anlegten, gründeten britische Siedler in Jamestown die erste permanente englische Siedlung auf amerikanischem Boden. Jamestown und die Nachbarorte Williamsburg sowie Yorktown bilden, verbunden durch den **Colonial Parkway**, heute ein historisches Dreieck an der Küste Virginias.

Williamsburg (11 500 Einw.; 703 km) lohnt unbedingt einen Besuch. John D. Rockefeller Jr. kaufte 1926 die alten Kolonialgebäude und möbelte sie wieder auf. Seitdem ist der historische Ortskern als *Colonial Williamsburg** bekannt. Zutritt zu vielen Häusern bekommt man nur bei den Touren der Colonial Williamsburg Foundation, die im Visitor Center beginnen (tgl. 8.30 bis 18 Uhr). Prunkstück im Ortskern ist der schöne **Governor's Palace**. Er erinnert ebenso wie das **Capitol** an die Zeit, als Williamsburg Hauptstadt Virginias (1699– 1780) war.

Williamsburg Area Convention & Visitors Bureau, 201 Penniman Rd., Williamsburg, VA 23185, ☎ 757/253-0192.

Kurz vor der Staatsgrenze zu North Carolina hat die Fahrt auf der Interstate zunächst ein Ende. Für den weiteren Weg bietet sich der Hwy. 17 an, der von der I-64 abzweigt.

„Showboat"

Im Zweiten Weltkrieg bekam das Schlachtschiff **USS North Carolina** so viele Auszeichnungen, dass es irgendwann nur noch unter dem Spitznamen „Showboat" bekannt war. Jetzt liegt der Koloss vor Wilmington und ist zu besichtigen (Hwy. 421, Wilmington, N.C., ☎ (910)350-1817, tgl. 8–17, im Sommer 8–20 Uhr).

Myrtle Beach

Im Golf- und Badeparadies Myrtle Beach (25 000 Einw.; 1293 km) geht es abends alles andere als ruhig zu, was man vor allem bei einer abendlichen Fahrt auf dem Hwy. 17-Bypass merkt. Restaurants und Theater protzen mit gleißenden Neonreklamen, es herrscht reges Treiben. Am Tag gewinnt man einen anderen Eindruck: Ein 100 km langer Strand stimmt versöhnlich.

Das Städtchen gilt als größtes Zentrum der Country-Musik östlich von Nashville. Den Anfang machte die Band Alabama, die das **Alabama Theatre,** ein 2000-Plätze-Haus im Vergnügungs-District Barefoot Landing (4750 Hwy. 17 S.), eröffnete. Zehn weitere Country-Theater erfreuen das Publikum. Ausgehfreudige, denen Country-Musik nicht gefällt, verbringen den Abend im Nightlife-Komplex **Broadway at the Beach** (Hwy. 17-Bypass/21st Ave. N.). Vor dem pyramidenförmigen **Hard Rock Cafe** warten die Menschen ebenso auf Einlass wie vor dem **Planet Hollywood** und dem **Nascar Cafe.**

Myrtle Beach Area Chamber of Commerce, 1200 N. Oak St., MyrtleBeach, SC 29578, ☎ 843/626-7444, 📠 448-3010.

Blue Water Resort, 2001 S. Ocean Blvd., ☎ 843/626-8345. Am nördlichen, ruhigeren Stadtrand gelegen. Pool mit Blick aufs Meer. Ⓢ–Ⓢ

 Hard Rock Cafe, 1322 Celebrity Circle ☎ 843/946-0007. Von draußen: spektakuläre Pyramidenarchitektur. Drinnen: Hard Rock. Ⓢ

*Charleston

Diese Südstaatenstadt (80 000 Einw.; 1445 km) mit sehr viel Charme ist gleichermaßen von Touristen wie vom dort stationierten Militär geprägt. Dennoch fühlt man sich beim Bummeln zurückversetzt in die Zeit vor dem Bürgerkrieg, als die Baumwollaristokratie sich hier stolze Anwesen bauen ließ.

 Ausgangspunkt einer Tour durch das historische Zentrum ist das **Charleston Visitor Center** (Meeting/John Sts.). An der Meeting Street selbst befinden sich nicht nur einige der schönsten Häuser der Stadt, sondern auch der **City Market.** Auf der Suche nach dem genauen Ort, an dem die Sklaven ihren Besitzer wechselten, tut man sich allerdings schwer. Die Händler, die handgemachte Bastkörbe verkaufen, beteuern, Menschenhandel habe hier niemals stattgefunden (🕓 tgl. 9.30 bis Sonnenuntergang). Auch die stadtgeschichtliche Ausstellung im **Charleston Museum** klärt die Frage nicht (360 Meeting St.).

Im städtischen Hafen an der Kreuzung von Calhoun St. und Lookwood Blvd. legen die Schiffe nach **Fort Sumter** ab. Vorbei am Navy-Hafen führt die Tour zu der legendären Festung, in der am 12. April 1861 die ersten Bürgerkriegsschüsse fielen (☎ 843/772-1691).

Auch ohne jemals dort gewesen zu sein, kennt jeder Filmfan *****Boone Hall Plantation,** 13 km nördlich des Zentrums gelegen. Hier wurden Teile von „Vom Winde verweht" gedreht. Leider ist das Haupthaus ein Nachbau, original sind nur die Sklavenhütten (1054 Long Point Rd.; 🕓 Mo–Sa 9–17, So 13–16 Uhr, im Sommer länger).

Kuppel der United States Naval Academy in Annapolis

Küfer bei der Arbeit in Colonial Williamsburg

Eine von vielen Prachtvillen in der Südstaatenstadt Charleston

ROUTE 1

Charleston Convention & Visitors Bureau, Meeting St. 275, Charleston, SC 29402, ☎ 843/853-8000.

Best Western King Charles Inn, 237 Meeting St., ☎ 843/723-7451, 📠 723-2041. Mitten in der Altstadt gelegen; freies Parken. ⓢ
Charleston Hilton, 4770 Goer Dr., ☎ 843/747-1900, 📠 744-6108. Etwas außerhalb, aber sehr gutes Preis-Leistungs-Verhältnis. ⓢ

Restaurant Million, 2 Unity Alley, ☎ 843/577-7472. In einer restaurierten alten Schänke werden hervorragende französische Gerichte serviert. ⓢ⟩⟩
Shem Creek, 508 Mill St., ☎ 843/884-8102. Favorit der Einheimischen; Seafood, Prime Rib und Huhn, die Desserts sind legendär. ⓢ

*Savannah

In Savannah (150 000 Einw.; 1643 km) wurde 1733 Georgia als 13. und letzte Kronkolonie gegründet. Ähnlich wie in Charleston ging ihr Aufstieg und vorübergehender Fall mit dem Marktwert der Baumwolle einher, die bis in das 20. Jh. hinein wirtschaftliches Standbein der Ansiedlung am Savannah River war.

„Ausgeschlafen"

Einer Bürgerinitiative ist zu verdanken, dass Savannah nach dem endgültigen Zusammenbruch des Baumwollmarktes nicht im Dornröschenschlaf versank, sondern sich in eine idyllische Vorzeige-Südstaatenstadt mit 24 öffentlichen Grünanlagen verwandelte.

Viele der ehemaligen Herrenhäuser wurden liebevoll restauriert und stehen nun zur Besichtigung offen. Die bekanntesten historischen Häuser der Stadt sind das **Davenport House** (324 E. State St.) mit seiner für die damalige Zeit extravaganten, spiralförmigen Treppe sowie das prächtige **Owens Thomas House** (124 Abercorn St.). Sie verfügen über kleine Museen, die die Blütezeit Savannahs dokumentieren.

Rund um den **City Market** mit seinen Geschäften, Restaurants und Galerien sowie in den Cafés und Bars in den ehemaligen Warenhäusern direkt an der Waterfront pulsiert das Leben (W. Saint Julien St.).

In den Abendstunden öffnet das **Savannah Theater** an der Bull Street seine Pforten. Die Bühne, die seit 1950 in einem sehenswerten Art-déco-Gebäude untergebracht ist, besteht seit 1818 und gilt als ältestes, ununterbrochen aufführendes Schauspielhaus der USA.

Savannah Visitors Center, 303 Martin Luther King Jr. Blvd., ☎ 912/944-0455.

Abstecher zum *Okefenokee Swamp

Der Okefenokee Swamp Park bei Waycross im südlichen Georgia liegt nur 80 km abseits der direkten Route nach Florida und ist unbedingt einen Abstecher wert. Das 40 km lange und 60 km breite Sumpfgebiet beeindruckte schon die Indianer, die die Region „Land der zitternden Erde" nannten ... Hüpft man auf den bis zu 5 m dicken Torfschichten, wackelt der Boden. Bei Bootsfahrten durch die Sümpfe kann man auch Alligatoren beobachten (◯ tgl. 9 bis 17.30, im Sommer bis 18.30 Uhr).

*St. Augustine

Auf der I-95 erreicht man rasch die Grenze von Florida.

Das idyllische St. Augustine im Sunshine State (12 000 Einw.; 1893 km) gilt als älteste, ununterbrochen bewohnte Ansiedlung der USA. Hier betrat der spanische Eroberer Ponce de Léon 1513 erstmals amerikanischen Boden. 52

ROUTE 1

Jahre später gründeten seine Landsleute eine Siedlung. Auf dem Weg zum historischen Ortskern kommt man am originalen *Ripley's Believe It Or Not! Museum vorbei, das im Gegensatz zu den unzähligen Filialen im ganzen Land wirklich einen Besuch wert ist. Zu bestaunen gibt es Kuriositäten wie ein Schaf mit zwei Köpfen oder einen Mann mit einem Nagel im Schädel (19 San Marco Ave.; ⏱ tgl. 9–22 Uhr).

Boone Hall Plantation
bei Charleston

Vorbei am 1672–95 aus weißem Muschelkalkstein gebauten Fort **Castillo de San Marcos** führt der Weg in die historische Altstadt, deren malerische **St. George Street** zurück ins 17. Jh. versetzt. Das windschiefe **Wooden School House** macht nicht den Eindruck, als könne es Wind und Wetter trotzen. Dennoch steht die Schule hier schon seit mehr als 200 Jahren, bei einer Hurricane-Warnung wird das Gebäude angekettet (14 St. George St.). Die sich anschließende Gruppe restaurierter Häuser bildet das *Restored Spanish Quarter Museum, in dem kostümierte Führer das spanische Kolonialleben nachspielen (33 St. George St.). Jenseits der **Cathedral of St. Augustine** (40 Cathedral Place), der ältesten katholischen Pfarrei Amerikas aus dem Jahr 1797, liegt das **Oldest Store Museum** (4 Artillery Ln.). In akribischer Kleinarbeit hat der Besitzer den Krämerladen restauriert und mit Waren des späten 19. Jhs. ausgestattet.

Mooriges Wasser
im Okefenokee Swamp

Tipp Ein Erlebnis ist der abendliche Spaziergang durch St. Augustine. Buchstäblich auf Schritt und Tritt begegnen einem dabei historisch gekleidete Führer mit flackernden Laternen.

 St. Johns County Visitors & Convention Bureau, 88 Riberia St., St. Augustine, FL 32084, ☎ 904/829-1711, 📠 829-6149. Visitor Information Center, 10 Castillo Dr.

 Howard Johnson Inn,
137 San Marco Ave.,
☎ 904/824-6181,

Wooden School House
in St. Augustine

ROUTE 1

☎ 825-2774. Einfaches, preiswertes Hotel, um eine 500 Jahre alte Eiche gebaut. $

 Columbia Restaurant, 98 St. George St., ☎ 904/824-3341. Touristisch angehauchtes Restaurant im historischen Stadtkern. Spanische Küche. $
Barnacle Bills, 14 Castillo Dr., ☎ 904/824-3663. Nicht so überlaufen wie viele andere Lokale in der Stadt; sehr gutes Seafood. $

Daytona Beach

Von St. Augustine aus verläuft der Hwy. 1 beinahe parallel zur I-95. Die Fahrt auf der Landstraße dauert zwar länger, ist aber schöner.

Daytona Beach (62 000 Einw.; 1988 km) ist ein Muss für alle Motorsportfans. Hier finden jedes Jahr im Februar einige der interessantesten Autorennen Amerikas statt. Das Museum **Daytona USA** auf dem Gelände des Speedway ist zu einem Themenpark getunt worden.

Autorennen

Auf der Originalstrecke des Daytona 500-Wettkampfs kann man einige Runden bei Höchstgeschwindigkeit drehen, als Beifahrer natürlich. Ruhigere Zeitgenossen nehmen derweil an einer Tour hinter die Kulissen des Rennsports teil (Daytona USA, Daytona International Speedway, Daytona Beach (FL), 9–19 Uhr, Touren bis 17.30 Uhr).

 Am Abend vergnügt man sich auf der **Atlantic Avenue** und dem **Seabreeze Boulevard**.

 Daytona Area Convention & Visitors Bureau, 126 E. Orange Ave., ☎ 904/255-0415, ☏ 255-5478.

Nach einer Fahrt auf der I-4 landeinwärts gelangt man nach gut 90 km zu einem der beliebtesten Urlaubsziele bei Jung und Alt weltweit.

Orlando

Die Heimat von Mickey Mouse war bis in die 60er Jahre hinein ein verschlafenes Provinznest. Doch dann zog der Disney-Konzern südwestlich von Orlando (165 000 Einw.; 2076 km) einen Riesenvergnügungspark hoch und siedelte auch seine Firmenzentrale hier an (s. S. 63).

Micky Mouse & Co.

Für viele ist Orlando das Synonym für ★★★ **Walt Disney World**, das aus drei großen Parks besteht. Zum 1971 eröffneten **Magic Kingdom** gesellten sich 1982 das **Epcot Center** und 1989 schließlich die **Disney-MGM-Studios**, 1998 soll eine weitere Attraktion, **Animal Kingdom**, eröffnen. Fast alle Besucher zieht es zuerst ins „Magische Königreich". Fähren oder die Einschienenbahn *Monorail* bringen die Besucher vom Parkplatz zum Haupteingang. Der Weg im Innern des riesigen Parks führt über die *Main Street*, eine nachgebaute US-Stadt der Jahrhundertwende, zum *Cinderella Castle*, von wo aus sich der Besucherstrom je nach Interesse in die sechs Teilparks verteilt.

Stilgerecht endet der Abend im Park mit einer gigantischen Laser-Feuerwerk-Show.

In den **Disney-MGM Studios** werden echte Kinofilme gedreht, wichtiger für Besucher sind jedoch die Shows und Attraktionen rund um das Medium Film, die Muppet-Show und der *Tower of Terror*, bei dem man mit einem Fahrstuhl 13 Stockwerke in die Tiefe stürzt (☉ alle drei Parks tgl. mind. 9–19 Uhr).

 Wenn der Nachwuchs im Bett ist, lädt die Disney-Company die erwachsenen Kinder ins Vergnügungsparadies **Pleasure Island** ein, eine Diskothekeninsel, auf der jeden Abend eine Riesen-Silvesterparty steigt (☉ 10–2 Uhr).

Wo die Maus Mäuse macht

Das Hauptquartier des berühmtesten Medienkonzerns der Welt befindet sich am Lake Buena Vista, einem wunderschönen künstlichen See. Die Lage passt zur Disney-Company, denn auch ihr Hauptprodukt hat nicht viel mit der realen Welt zu tun: Die Vergnügungsparks in Orlando, Los Angeles, Tokio und Paris sind das Tor zu einem modernen Traum, in dem jeder wie Peter Pan stets Kind sein darf. Immer noch macht Disney die meisten Mäuse, pardon, Dollars, mit dem großohrigen Nager namens Mickey und der Zeichentrickwelt um ihn herum. Inzwischen hat sich aber um den Mäuserich ein veritables Mäusereich gebildet, zu dem Filmstudios, der Fernsehsender ABC, der Sportkanal ESPN, mehrere TV- und Rundfunkstationen, einige Kinos, Hotels mit 23 000 Zimmern alleine in Orlando, eine Eishockeymannschaft, drei Kreuzfahrtschiffe und Hunderte von Disney-Stores gehören. Daneben unterhält der Konzern eine Universität, mischte bei der Renovierung des New Yorker Times Square mit und ließ keine 10 km vom Disney-World-Haupteingang die 20 000-Einwohner-Stadt Celebration bauen. Dagobert Duck hätte seine helle Freude am Geschäftssinn des Konzerns: Inzwischen kommt jährlich ein zweistelliger Dollarmilliardenbetrag in die Kasse.

Mickys Konkurrenz schläft nicht

Mitunter haben Besucher außer dem Mäusereich nichts von Orlando gesehen. Dabei hat die Comicmaus in puncto Unterhaltung eine harte Konkurrenz: die ****Universal Studios Florida.** Der Ableger der Gesellschaft in Los Angeles kann sich mit Recht als das beste Filmstudio des amerikanischen Ostens bezeichnen. Hier erfährt man alles über das Filmemachen, insbesondere über Spezialeffekte. 1999 eröffneten die Studios einen zusätzlichen riesigen Themenpark, **Island of Adventure**, der so gut konzipiert ist, dass erstmals auch die berühmte Maus ins Zittern kommt (1000 Universal Studios Plaza; tgl. 9–21 Uhr).

Wesentlich weniger Nerven aufreibend, aber nicht minder unterhaltsam geht es in ****Sea World of Florida** zu. In diesem Vergnügungspark sind dressierte Meerestiere – Wale, Delphine, Seelöwen und Pinguine – die Stars.

 Zum Vergnügen in Orlando gehört auch das Einkaufen. Im größten **Outlet-Center** der Stadt spart man so viel Geld, dass es für einen Tag mehr bei Disney & Co

In Daytona Beach sind Autos an vielen Strandabschnitten erlaubt

ROUTE 1

reicht (Belz Factory Outlet World, 5401 W Oakridge Rd., ☎ 407/354-0126).

Orlando Convention & Visitors Bureau, P. O. Box 690355, Orlando, FL 32869-9902, ☎ 407/363-5833, 📠 370-5012. Visitor Center, 8723 International Dr., ☎ 407/363-5872, 📠 354-0874.

Dixie Landings Resort, Lake Buena Vista, ☎ 407/934-7639, 📠 647-7900. Großzügig angelegtes Hotel im Disney-World-Komplex mit fünf Swimmingpools. $–$$
Holiday Inn Universal Studios, 5905 S. Kirkman Rd., ☎ 407/351-3333, 📠 351-3527. Zentrale Lage an den Universal Studios und nahe dem International Drive. $

Friday's Front Row Sports Grill, 8126 International Dr., ☎ 407/363-1414. Für Leute, die beim Essen gerne fernsehen: 86 TV-Geräte erfüllen jeden Wunsch. $
Wild Bill's Wild West Extravaganza, 5260 US-Highway 192, ☎ 407/351-5151. Das Essen wird während einer Wildwestshow serviert. $

**Cape Canaveral

Von Orlando aus geht es auf dem Hwy. 528 zurück zur Küste nach Cape Canaveral (2183 km). Die NASA gab dem Besucherzentrum an der SR 405 den vergnügungsparkwürdigen Namen **Spaceport, USA.** Von hier aus startete der erste Amerikaner ins All, machte sich Neil Armstrong auf den Weg zum Mond und werden immer noch Raketen ins Weltall geschossen. Mit zwei unterschiedlichen Besichtigungsprogrammen lässt die NASA Weltraum-Interessierte an den Sternen schnuppern.

Der Zutritt zum **Kennedy Space Center Visitor Complex** ist gratis. Die Kennedy Space Center Tour (Dauer: 2–4 Std. im „hop-on-hop-off-Verfahren") an Bord eines klimatisierten Busses zeigt den Besuchern das restliche Gelände und führt u. a. vorbei am Apollo/Saturn V Center, das Teile der Saturn V Mondrakete beherbergt und die Geschichte der Mondlandung von 1969 unter Zuhilfenahme multimedialer Einrichtungen erzählt. Die Tour kostet für Erwachsene 14 $, für Kinder 10 $. Als „Standard" gilt jedoch die Tour zusammen mit der Vorführung eines IMAX-Films, die Preise liegen bei 19 $ bzw. 15 $. Interessierte können sich vorab informieren: www.kennedyspacecenter.com

Am Rande von Cape Canaveral befindet sich die **US Astronaut Hall of Fame** (6225 Vector Space Blvd.).

Auf dem weiteren Weg in den Süden Floridas hat man die Wahl zwischen der schnellen I-95 und der von zahlreichen Badeorten und herrlichen Stränden gesäumten SR A1A.

Fort Lauderdale

Mit 42 000 Schiffen für 150 000 Einwohner rühmt sich Fort Lauderdale (2511 km) zu Recht als Jachthauptstadt der USA. Ohne Boot hat man als Bewohner der Stadt auch schnell schlechte Karten: 265 km Kanäle durchziehen Fort Lauderdale, das deswegen auch das „Venedig Amerikas" genannt wird.

Venedig Amerikas

Der Stadtentwickler Charlie Rhodes orientierte sich in den 20er Jahren in der Tat an der italienischen Wassermetropole, als er nahe dem Las Olas Boulevard Kanäle ausheben und mit dem Meer verbinden ließ. Zwischen den Gräben entstanden künstliche Inseln, deren Bewohner bis heute Zugang zum Atlantik haben.

Tipp Weil es sich für einen kurzen Besuch Fort Lauderdales kaum lohnt, eine Jacht zu mieten, sollte man wenigstens einmal ein **Wassertaxi** bestellen (☎ 954/467-6677). Eine Alternative bietet die Fahrt mit dem Schaufelraddampfer **Jungle Queen**

ROUTE 1

(◐ tgl. um 10, 14, 19 Uhr; ☎ 954/462-5596).

 Das hiesige Nachtleben ist legendär. 3500 Restaurants und 110 Nachtklubs sprechen eine deutliche Sprache. Abends trifft man sich am **Strip** am Ostende des Las Olas Boulevard oder am **N. Atlantic Boulevard.**

Ein Museum, das weltweit seinesgleichen sucht, ist die **International Swimming Hall of Fame** zu Ehren von Schwimmgrößen wie Johnny Weissmüller und Mark Spitz (1 Hall of Fame Dr.). Im **Museum of Discovery and Science** erwartet die Besucher ein Programm der Kontraste. In *Gizmo City* kann man einen Roboter programmieren, in *Florida EcoScapes* ein nachgebildetes Ökosystem bewundern (401 S.W. 2nd St.). Eine erstaunliche Sammlung hat das **Museum of Art** zusammengetragen, das sich auf Kunst des 20. Jhs. konzentriert und mit Werken von Picasso, Calder, Dalí, Warhol und Moore glänzt (1 E. Las Olas Blvd.).

 Greater Ford Lauderdale Convention & Visitors Bureau, 1850 Eller Dr., Ft. Lauderdale, FL 33316, ☎ 954/765-4466, ⌨ 765-4467.

 Marriott's Harbor Beach Resort, 3030 Holiday Dr., ☎ 954/525-4000, ⌨ 766-6165. Erste Adresse am Platz. $⟩
Carriage House, 250 S. Ocean Blvd., ☎ 954/427-7670, ⌨ 428-4790. Klein, aber fein. $–$

 Coconuts, 429 Seabreeze Blvd., ☎ 954/467-6788. Romantisch; mit Nachtklub. $
Aruba Beach Café, 1 E. Commercial Blvd., ☎ 954/776-0001. Seafood, direkt am Strand, Livemusik. $

Von Fort Lauderdale aus ist es nur noch ein Katzensprung bis zum Endpunkt der Route.

Spaceship Earth im Epcot Center von Orlando

Weltraumbahnhof Cape Canaveral

Ohne Boot hat man es als Bewohner von Fort Lauderdale schwer

ROUTE 1

Miami und Miami Beach

(2568 km). Dank Miami Vice ist jedermann gut informiert: In der, wie viele spöttisch behaupten, nördlichsten Stadt Kubas, regiert das Verbrechen. Keine andere Metropole Amerikas hat dermaßen mit Vorurteilen zu kämpfen wie die City an der Biscayne Bay. Negativschlagzeilen wie mehrere Morde an ausländischen Touristen oder an Stardesigner Versace tragen nicht dazu bei, Miami in einem besseren Licht erscheinen zu lassen. Aber die Besucher erwartet eine Überraschung: Miami ist mit seinen 359 000 Einwohnern eine sympathische, muntere Stadt.

Touristen zieht es in der Regel zuerst nach Miami Beach (92 000 Einw.), dessen Küstenstreifen das Urlaubsdorado Amerikas ist. Prunkstück der selbstständigen Stadt ist der zwischen der 5. und 23. Straße liegende **Art Déco District**. Im **Art Déco Welcome Center** (1001 Ocean Dr.) liegen Info-Broschüren zur pastellfarbenen Pracht und zum Baustil aus. Den Bummel durch den Bezirk kann man am **Ocean Drive** ausklingen lassen, der Strandpromenade mit besonders schönen Häusern, an der Tag und Nacht das Leben pulsiert.

Tipp Einigkeit herrscht bei den Besuchern, welches die interessanteste Adresse in Downtown Miami ist: **Bayfront Park**, eine Grünanlage direkt am Ufer der Biscayne Bay, deren Mittelpunkt der **Bayside Marketplace** einnimmt, ein Shopping-, Restaurant- und Nightlife-Komplex.

Ins Träumen kommt man dort beim Blick auf den nahen **Port of Miami**, den größten Kreuzfahrthafen der Welt (4th St.).

Flagler Street, die Hauptstraße Miamis, führt zum kulturellen Mittelpunkt der Stadt, dem **Metro-Dade Cultural Center** mit dem *Historical Museum of South Florida* und dem *Center for the Fine Arts*, das sich auf Wanderausstellungen zur modernen Kunst spezialisiert hat (101 W. Flagler St.).

Eher in Florenz denn in Miami würde man die **Villa Vizcaya** vermuten, einen Palast im Renaissancestil inmitten einer herrlichen Gartenanlage (3251 S. Miami Ave.). Um eine der populärsten Attraktionen Miamis zu besuchen, muss man das Festland verlassen und auf die kleine Insel Virginia Key fahren. Hier befindet sich das *Miami Seaquarium, das angeblich größte Seewasseraquarium der Welt, in dem man dem Delphin Flipper, dem Killerwal Lolita und dem Seelöwen Salty zuschauen kann (4400 Rickenbacher Causeway; ◌ tgl. 9.30–18 Uhr).

Zurück in der Stadt, sollte man sich zwei Bezirke nicht entgehen lassen: **Coconut Grove,** das einstige Künstlerviertel mit verwinkelten Straßen, spanisch anmutenden Häusern und gemütlichen Lokalen (Grand Ave./Main Hwy.), und *Little Havana,* die kubanische Enklave an der S.W. 8th Street, die unter dem Namen **Calle Ocho** bekannt ist. Die kubanische Musik und die Zigarrendreher, die an jeder Ecke ihre Produkte anbieten, verbreiten jene karibische Atmosphäre, die die meisten Besucher von Miami erwarten.

Jai-Alai ...

... soll eine der schnellsten Sportarten der Welt sein. Ein solches Spiel kann man überall in Florida, am besten aber im Großraum Miami besuchen (Dania Jai Alai, 301 E. Dania Beach Blvd., Dania (FL), ☎ 954/920-1511).

Greater Miami Convention & Visitors Bureau, 701 Brickell Ave., Suite 2700, Miami, FL 33131, ☎ 305/539-3000, 🖷 539-3113. Visitor Center im Bayside Marketplace.

Inter-Continental, 100 Chopin Plaza, Miami, ☎ 305/381-8140, 🖷 372-4440. Wer unbedingt downtown wohnen will, ist hier richtig. 💲

ROUTE 1

Indian Creek Hotel, 2727 Indian Creek Dr., Miami Beach, ☎ 305/531-2727, ⎙ 531-5651. Kleines Hotel, das den Charme von Key West nach Miami Beach holt. $-$$

 Joe's Stone Crab Restaurant, 227 Biscayne Street, ☎ 305/673-0365. Ebenso teures wie überfülltes In-Restaurant. $$$
Versailles, 3555 S.W. 8th St., ☎ 305/445-7614. Preiswerte kubanische Küche an der berühmten Calle Ocho. $

Ausflug in den **Everglades National Park

Eines der schönsten, aber auch labilsten Ökosysteme Amerikas beginnt gleich hinter den westlichen Vororten Miamis: die Everglades, ein riesiges Sumpfgebiet, das vor dem Eingriff des Menschen einst den gesamten Süden Floridas bedeckte. Nachdem zu Anfang des Jahrhunderts der größte Teil davon trockengelegt und so für den Obst- und Zuckerrohranbau gewonnen wurde, ist das Feuchtgebiet mit seinen berühmten, endlosen scheinenden Schilfgrasflächen nur noch 80 km breit und 160 km lang. Aber selbst dieses Naturparadies ist in Gefahr, obwohl es mit seinen mehr als 300 Vogelarten seit 1947 als schützenswerter Nationalpark ausgewiesen ist. (s. S. 11 f.).

Der Haupteingang des Parks befindet sich etwa 70 km westlich von Miami hinter **Florida City** an der SR 9336. Die Straße führt vorbei am Besucherzentrum (◷ tgl. 8–17 Uhr), in dem man sich anhand eines kurzen Films über Flora und Fauna der Sümpfe informieren kann, mehr als 60 km in den Park hinein bis nach **Flamingo.** Die ganze Strecke sollte man jedoch nur auf sich nehmen, wenn man plant, in Flamingo an einer Bootstour teilzunehmen oder ein Kanu zu mieten. Auf mehreren Lehrpfaden, die von der SR 9336 abzweigen, kann man sich über die Vegetation bestens informieren.

Art Déco District von Miami Beach

So leer ist der Strand von Miami Beach leider nur selten

Route 2

Wasserrauschen und Motown-Sound

*** New York – * Newport –
** Boston – Stockbridge – Ithaca –
*** Niagarafälle – Cleveland –
Detroit – ** Chicago – St. Louis
(2844 km)

Mit ohrenbetäubendem Lärm stürzen die Wassermassen in die Tiefe, Millionen Liter jede Sekunde. Das Boot, das sich Meter um Meter an die Fälle herankämpft, scheint den Naturgewalten hilflos ausgeliefert. Aber der Kapitän des Schiffs weiß, was er tut. Geschickt nutzt er die Strömungen, um sich von der Kraft des Wassers zurück zum Anlegepunkt treiben zu lassen, wo die nächste abenteuerlustige Touristengruppe bereits wartet.

Die berühmtesten Wasserfälle der Welt markieren in etwa die Halbzeit dieser auf zwei Wochen zu veranschlagenden Route, die den nördlichen Teil des US-amerikanischen Ostens durchzieht. Vom hektischen New York führt die Strecke durch die hügeligen Wälder Neuenglands zu den rauschenden Niagarafällen und weiter in die Automobilstadt Detroit, deren hämmernder Maschinensound eine Musikrichtung, Motown, begründete. Von dort erreicht man erst Chicago, dann St. Louis, das Tor zum Westen.

Von *** **New York** (s. S. 28) aus bietet sich die I-95 für die Fahrt Richtung Norden an.

New Haven

New Haven (130 500 Einw.; 128 km) ging als erster auf dem Reißbrett geplanter Ort der USA in die Geschichte ein. Dass die 1638 gegründete Stadt anschließend nicht in der Bedeutungslosigkeit verschwand, verdankt sie vor allem einer Institution: ** **Yale.** Als eine der ältesten und renommiertesten Universitäten der Vereinigten Staaten prägt sie das Bild New Havens seit fast 300 Jahren. Die historischen Bauten des Campus-Geländes betrachtet man am besten bei geführten Touren, die am *Visitor Information Center* (149 Elm St.) ihren Anfang nehmen.

Clintons Lehrjahre

Prunkstück auf der Tour ist die **Connecticut Hall**, das älteste Universitätsgebäude, in dem auch Präsident Bill Clinton büffelte.

Zwei Museen sollte man sich beim Besuch von Yale nicht entgehen lassen: Sowohl die **Yale University Art Gallery** mit einem Querschnitt durch die amerikanische Malerei sowie Gemälden von van Gogh, Monet und Picasso (Di bis Sa 10–17, So 13–18 Uhr; im Aug. geschl.) als auch das **Yale Center for British Art** mit seinem Überblick über die englische Malerei des 16. und 17. Jhs. (Di–Sa 10–17, So 12–17 Uhr) befinden sich in der Chapel Street, der Studentenmeile der Stadt.

* Newport

Seit Mitte des 19. Jhs. übt das Atlantikstädtchen (28 200 Einw.; 188 km) eine magische Anziehungskraft auf das reiche Amerika aus. Die Reichen bauten luxuriöse Residenzen nach europäischem Vorbild. Das mondäne Image hat Newport, das mehr als 50 Jahre lang die legendäre Segelregatta America's Cup austrug, behalten.

Die Paläste reihen sich entlang der Bellevue Avenue und des Ocean Drive.

Auf hölzernen Stegen kommt man den Niagarafällen ganz nah

ROUTE 2

Acht davon sind zu besichtigen, u. a. **The Breakers,** ein prächtiges, im Renaissancestil erbautes Anwesen, wurde 1895 von Cornelius Vanderbilt in Auftrag gegeben. Es war die Antwort auf das 1892 fertig gestellte, marmorstrotzende **Marble House** von Bruder William. Kohlemagnat E. Berwind ließ sich für **The Elms** vom Pariser Château d'Asnières inspirieren, **Rosecliff** ist eine Kopie des Versailler Grand Trianon. Dass Newports Geschichte lange vor der Invasion der Reichen begann, zeigt sich im historischen Kern der Stadt. **The Old Colony House** war der Sitz der Regierung von Rhode Island. Prominentester Redner: George Washington (Washington Sq.).

 Washington kehrte ebenso wie seine Kollegen sicherlich gerne in der **White Horse Tavern** ein, der ältesten Schänke des Landes, die seit 1673 Gäste bewirtet (Marborough/Farewell Sts.).

Die **Touro Synagoge,** 1763 erbaut, war das erste jüdische Gotteshaus Amerikas (85 Touro St.).

 Newport County Convention and Visitors Bureau, 23 America's Cup Ave., 401/849-8048, 849-029.

 Cliffside Inn, 2 Seaview Ave., (401) 847-1811 oder (1-800) 845-1811. Dreistöckige viktorianische Villa nahe dem malerischen Cliff Walk. $))

 Le Bistro, Bowen's Wharf, 849-7778. Die beste Bouillabaisse der Stadt. $)

**Boston

Die „große alte Lady" der Ostküste (574 000 Einw.; 422 km) lässt sich so gut wie wohl keine andere US-Stadt zu Fuß erkunden. Auf Schritt und Tritt begegnet man dabei der Geschichte der USA, deren Kampf um Selbstbestimmung nach der Boston Tea Party von 1773 unaufhaltsam dem Unabhängigkeitskrieg entgegensteuerte.

*Freedom Trail

Der mit roter Farbe auf dem Bürgersteig gekennzeichnete, 5 km lange Weg, dem man einfach nur zu folgen braucht, verbindet die wichtigsten Stätten des Unabhängigkeitskampfes. Ausgangspunkt des „Freiheitspfades" ist der Informationskiosk an der U-Bahnstation Boston Common (Tremont/West Sts.). Der Weg führt vorbei

an der typisch neuenglischen **Park Street Church** und dem **Old Granary Burying Ground,** wo schlichte Grabplatten die letzte Ruhestätte der Unabhängigkeitshelden kennzeichnen. Im **＊Old Corner Bookstore** trafen sich im 19. Jh. die literarischen Größen Neuenglands. Ein Treffpunkt ganz anderer Art war das **Old South Meeting House,** in dem am 16. Dezember 1773 die Boston Tea Party ihren Anfang nahm. Von hier aus zogen 90 erboste Bostonier zum Hafen und gaben ihrer Wut auf die englische Krone Ausdruck. Diese Demonstration gilt als Startpunkt des Unabhängigkeitskriegs.

Tipp An Bord der **Beaver II** kann man die denkwürdigen Ereignisse von 1773 nachspielen (Congress Street Bridge, Boston, ☎ 617/338-1773, März–Nov. 9–17, im Sommer bis 18 Uhr).

Zurück auf dem Freedom Trail nähert sich der Rundgang einem Höhepunkt, dem **＊Old State House,** von dessen Balkon am 18. Juli 1776 die Unabhängigkeitserklärung verlesen wurde. Das bescheidene Haus bildet einen skurrilen Kontrast zu den Wolkenkratzern der nächsten Umgebung. Als eigentliche Wiege der Revolution gilt aller-

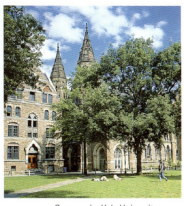

Campus der Yale University

The Breakers, Sommerresidenz der Vanderbilts

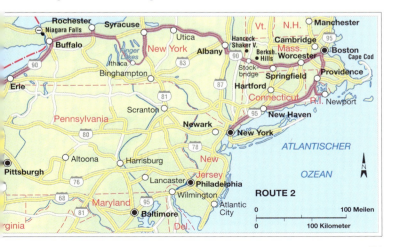

ROUTE 2

dings die **Faneuil Hall.** Unabhängigkeitskämpfer wie Samuel Adams hielten hier flammende Reden gegen die englische Krone.

 Tipp Der Freedom Trail entlässt die Freiheitswanderer auf den **Faneuil Marketplace,** das muntere Zentrum Bostons, wo von frühmorgens bis spät in die Nacht Gaukler, Einradfahrer, Jongleure und Pflastermaler auf ein paar Touristendollar hoffen.

Wem hier der Magen knurrt, der sollte **Quincy Market** ansteuern. Die umgebaute Halle ist heute ein mehrgeschossiger Einkaufs- und Schlemmerpalast, in dem jeder kulinarische Wunsch erfüllt wird.

Von Beacon Hill bis zur Prudential Plaza

Das Viertel **Beacon Hill** mit seinen prächtigen efeubewachsenen Backsteinhäusern ist von jeher die bevorzugte Wohngegend der Highsociety. Markanter Orientierungspunkt in dem Gassengewirr rund um die Beacon Street ist das klassizistische, aus Ziegeln gebaute **State House** mit seiner vergoldeten Kuppel.

Technikmuseen

Das **Computer Museum** jenseits des Fort Point Channel ist weltweit die einzig bedeutende Ausstellung zu diesem Thema. Die Exponate reichen zurück bis in die Steinzeit der digitalen Entwicklung, also etwa bis in die 40er Jahre (300 Congress St.). Das **Boston Museum of Science** ist schon alleine wegen seiner Größe sehenswert und bietet Technik zum Anfassen (Science Park am Charles River Dam).

Kein Besuch Bostons wäre komplett ohne die Fahrt zur Aussichtsplattform des ***John Hancock Tower.** Alleine der Blick über die Stadt lohnt den Besuch im 60. Stockwerk. Interessant ist auch die Multimediaschau, die die Rolle Bostons beim Kampf um die Unabhängigkeit dokumentiert (200 Clarendon St.; Mo-Sa 9-22, So 10-22 Uhr). Die neoromanische **Trinity Church,** die auf dem Copley Square im Schatten des Tower steht, bildet einen faszinierenden Kontrast zu dem Riesen aus Chrom und Glas.

 Ganz in der Nähe befindet sich mit dem **Copley Place** (100 Huntington Ave.) und der angeschlossenen **Prudential Plaza** (800 Boylston St.) ein Paradies für Einkaufsfreunde.

Greater Boston Convention and Visitors Bureau, 138 Saint James Ave., Boston, MA 02116, ☎ 617/536-4100, 📠 424-7664. Visitors Center im Prudential Plaza.

 Ritz-Carlton, 15 Airlington St., ☎ 617/536-5700, 📠 536-1335. Luxus pur. $
Tremont House, 275 Tremont St., ☎ 617/426-1400, 📠 482-6730. Im Theaterdistrikt; hinter der alten Fassade verbirgt sich ein modernes Hotel. $-$$
Midtown Hotel, 220 Huntington Ave., ☎ 617/262-1000, 📠 262-8739. Zentral gelegenes Business-Hotel mit Pool, Parken frei. $

 Top of the Hub, 800 Boylston St., ☎ 617/536-1775. Atemberaubender Blick vom 52. Stock des Prudential Tower, solide amerikanische Küche. $-$$
Legal Sea Foods, 800 Boylston St. (im Prudential Center), ☎ 617/266-6800. Bester Fisch der Stadt. $
Ye Olde Union Oyster House, 41 Union St., ☎ 617/227-2750. Ältestes Restaurant der Stadt, bekannt für seine Meeresspezialitäten. $

Ausflug nach Cambridge

Ein Abschluss an der **Harvard-Universität** in Bostons Nachbarstadt Cambridge ist seit Jahrhunderten beinahe ein Freifahrtschein in die Führungsetagen der Wirtschaft oder in die höchsten politischen Ämter. Touren über den Campus, auf dem sich alle Uni-Gebäude um den grünen Harvard Yard gruppieren, beginnen am *Holyoke Center Information Office* (1350 Massachusetts Ave., ☎ 617/495-1573). Das **Harvard University Museum of Cultural and Natural History** (26 Oxford St.) mit seiner weitreichenden Sammlung aus den Fachbereichen Archäologie, Völkerkunde, Botanik, Zoologie und Geologie und das **Harvard University Art Museum** an der Quincy Street sind ebenfalls einen Besuch wert.

Für die Besichtigung von Boston folgt man einfach der roten Linie

Von den Berkshire Hills bis Ithaca

Die Weiterfahrt auf der I-90 ist ein Vergnügen für Liebhaber schöner Landschaften. Gleich hinter Boston taucht man ein in die waldreiche Postkartenidylle Neuenglands. Das Farbenfestival des berühmten Indian Summer (s. S. 74) erreicht seinen Höhepunkt in den **Berkshire Hills.** Heimliche Hauptstadt der Berkshires ist das gemütliche **Stockbridge** (2400 Einw.; 624 km).

Neoromanische Trinity Church vor der Glasfassade des John Hancock Tower in Boston

Die Schaukelstühle auf der Terrasse des **Red Lion Inn** bieten sich an, um für ein paar Stunden die Seele baumeln zu lassen (30 Main St.).

Abstecher zum
**Hancock Shaker Village

Von Stockbridge aus sollte man sich Zeit nehmen für einen Ausflug zum gut 30 km nördlich bei Pittsfield gelegenen Hancock Shaker Village. Erstaunlich fortschrittsgläubig waren die Mitglieder der Sekte „United Society of Believers in Christ's Second Appearing", die unter dem Namen Shaker wesentlich bekannter sind. Gottgefälliges Verhal-

Harvard University

ROUTE 2

Indian Summer

Für die Indianer war es das Blut des vom Himmlischen Jäger erlegten Großen Bären, das die Bäume rot färbte. Biochemiker verweisen auf die im Herbst schwindende Dominanz des Grünmachers Chlorophyll in den Blättern, die anderen Farbpigmenten zu ihrer großen Stunde verhilft. Wie auch immer – das Phänomen, das Legende und Wissenschaft so unterschiedlich beschreiben, lockt im Herbst Scharen von Touristen in die Neuenglandstaaten. Beim Indian Summer zeigen sich die endlosen Wälder in einem Farbenmeer aus Gelb-, Gold- und Rottönen. Inzwischen herrscht ein wahrer Kult um die *Fall Foliage*, die Ende September in den kanadischen Wäldern ausbricht und dann bis Mitte Oktober nach Süden wandert. Zeitungen und Hörfunkstationen berichten, wo das Farbenmeer am schönsten ist, und an ein eigens eingerichtetes Servicetelefonen lässt sich der aktuelle Stand des Indian Summer erfahren (in Massachusetts ☎ 1-800/227-6277).

---

ten, harte Arbeit und ein eheloses Leben war ihre Devise. Das Museumsdorf beweist, dass die Shaker, die von 1790 bis 1980 hier lebten, zu Recht als hervorragende Farmer gerühmt waren.

Albany

Um die Hauptstadt des Bundesstaates New York (101 000 Einw.; 708 km) kennen zu lernen, reicht ein Besuch des für 2 Mrd. Dollar gebauten *Rockefeller Empire State Plaza* (State St.). Die elf Hochhäuser dienen als Regierungs-, Kultur- und Kongresszentrum und beherbergen Geschäfte und Cafés. Werke innovativer New Yorker Künstler hängen in der *Empire State Collection* (⊙ tgl. 6 bis 23 Uhr). Das *New York State Museum* besitzt eine Original-Sesamstraßen-Kulisse. Einen hervorragenden Überblick bekommt man vom Aussichtsdeck im *Corning Tower* (⊙ Mo–Fr 9 bis 16, Sa/So 10–16 Uhr).

Bis zu den gut 300 km entfernten **Finger Lakes** begleitet einen die herrliche Kulisse der Adirondack und Catskill Mountains. Wie Finger erstrecken sich die elf Seen in Nord-Süd-Richtung. Der Große Geist der Irokesen soll hier seine Hand ins Land gepresst haben.

Ithaca

Am größten der Seen, dem Cayuga Lake liegt die Stadt der Wasserfälle (30 000 Einw.; 1036 km). Der Beiname wurde nicht so ganz zu Unrecht vergeben, wie ein Besuch im *Buttermilk Falls State Park* beweist (7 km südl. an der SR 13). Der 16 km lange Wanderweg Circle Greenway führt durch zahlreiche Schluchten mit wildromantischen Kaskaden, über den Campus der renommierten Cornell-Universität und beschließt im Stadzentrum die Runde. Wer Reserven hat, sollte ein Stück den *Cascadilla Creek* am Südrand des Cornell-Campus entlanggehen, der mit weiteren spektakulären Wasserfällen aufwartet.

Ithaca/Tompkins County Convention & Visitors Bureau, 904 East Shore Dr., Ithaca, NY 14850, ☎ (607) 272-1313.

The Statler Hotel, 11 East Ave., ☎ (607) 257-2500, 🖷 257-6432. Hotel für Sportbegeisterte mit Kletterwand, zwei Pools und Tennisplätzen. $))

Rongovian Embassy to the USA, Rte. 96, ☎ 387-3334. Gute mexikanische Küche. $

Niagara Falls

Die Stadt (61 800 Einw.; 1284 km) an den weltberühmten ***Niagarafällen***

ROUTE 2

zwischen Lake Erie und Lake Ontario gibt es gleich zweimal – zum einen auf der US-amerikanischen, zum anderen auf der kanadischen Seite. Die US-Variante übt sich in vornehmer Zurückhaltung, während das Remmidemmi auf der kanadischen Seite besonders in den Abendstunden hart an der Grenze des Erträglichen liegt. Dafür hat man von Kanada aus den besseren Blick auf die **Horseshoe Falls,** die den **American Falls** die Show stehlen.

Auf US-Seite lohnt sich ein Besuch im **Prospect Park.** Besonders stimmungsvoll ist der Park am frühen Morgen, denn dann kann man oft einen Regenbogen über den Fällen beobachten. Am Abend wird das Wasserspektakel aufwändig illuminiert. Von einer Plattform aus hat man einen guten Blick auf die American Falls, die 55 m in die Tiefe stürzen. Fahrstühle bringen die Fall-Fans zur Aussichtsterasse in luftiger Höhe oder hinab zum gischtvernebelten Fuß der Abbruchkante. Seit über 150 Jahren fahren Boote von Kanada und den USA aus ganz nah an die Horseshoe Falls heran. Die Schiffe heißen in Erinnerung an den Originalkahn alle *Maid of the Mist* (◯ Apr.–Okt. 10–16, im Sommer bis 20 Uhr).

Die aufregendste Begegnung mit den Wasserfällen gibt es von kanadischem Boden aus. Bei *** Journey behind the Falls** bringen Fahrstühle die Besucher hinter die 750 m breiten und 52 m hohen Horseshoe Falls. Eine Billion Liter Wasser gehen hier stündlich den Bach hinunter (◯ tgl. 10–18, im Sommer bis 22.30 Uhr).

Niagara Falls Convention & Visitors Bureau, 310 4th St., Niagara Falls, NY 14303, ☎ 716/ 285-2400.

The Red Coach Inn, 2 Buffalo Ave., ☎ 716/282-1459, 🖷 282-2650. In der Innenstadt gelegen, ein Hauch

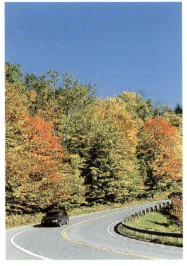

Indian Summer in den Berkshire Hills

Hancock Shaker Village

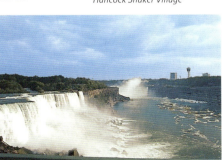

Die Niagarafälle – ein wirklich gewaltiges Naturschauspiel

ROUTE 2

von Luxus in altenglischer Atmosphäre, Frühstück und Zeitungen inkl. $
Holiday Inn at the Falls, 231 3rd St., 716/285-2521, 282-2748. Gute Lage am Prospect Park; günstig und sehr beliebt $

Hard Rock Cafe, 333 Prospect St., 716/282-0007. Wesentlich besser gelungene Filiale als die in Kanada. $
The Press Box Sports Emporium, 324 Niagara St., 716/284-5447. Jeder Gast hängt eine Dollarnote an die Wand. Einmal im Jahr wird der Schatz gespendet. $

Für den weiteren Weg hat man zwei Möglichkeiten: Die landschaftlich schönere Strecke am Nordufer des Lake Erie entlang durch Ontario/Kanada (s. Polyglott-Reiseführer Ontario) bis nach Detroit oder die Fahrt auf der relativ eintönigen I-90 südlich des Erie Sees, bei der man an einer durchaus interessanten Stadt vorbeikommt.

Cleveland

Die zweitgrößte Stadt Ohios (506 000 Einw.; 1628 km), die in den 80er Jahren Konkurs anmelden musste, hat ein erstaunliches Comeback erlebt. Maßgeblichen Anteil am plötzlichen Aufschwung hat die *****Rock 'n' Roll Hall of Fame,** die 1995 eröffnete Ruhmeshalle der Rockmusik. Stararchitekt I. M. Pei schuf einen avantgardistischen Bau, eine Mischung aus Glaspyramide und Betonsäule, die sich jedem Streben nach Symmetrie zu widersetzen scheint. Rare Video- und Audiodokumente, z. B. von den Rolling Stones, von Elvis Presley oder den Beatles, sowie Hunderte von Memorabilien zum Thema Rock 'n' Roll bilden eine einzigartige Sammlung (1 Key Plaza; Mi 10–21, Do–Di 10–17.30 Uhr). Für 55 Mio. Dollar entstand nebenan das **Great Lakes Science Center** mit 350 Anfassexponaten und der Möglichkeit eines Besuchs in der computererzeugten Welt der Virtual Reality (601 Erieside Ave.; tgl. 9.30–17.30, Mi bis 21 Uhr).

Die beiden direkt am Lake Erie gelegenen modernen Museen haben die etablierteste Ausstellung der Stadt, das **Cleveland Museum of Art,** einige Besucher gekostet. Dabei wäre es schade, die Sammlung von Kunstwerken aus aller Welt und aus allen Epochen zu ignorieren. Vertreten sind so klangvolle Namen wie Rembrandt, Turner, van Gogh und Picasso (11150 East Blvd.).

Downtown Cleveland

Die erste Begegnung mit Downtown lässt die meisten Besucher verwundert ihre Augen reiben. **Soldiers and Sailors,** ein pompöses Heroendenkmal, erinnert auf dem Public Square an die Toten des Amerikanischen Bürgerkriegs.

Ein Blickfang ist der steil aufragende Art-déco-Turm des **Tower-City**-Komplexes, der von einem leer stehenden Bürohaus und einem stillgelegten Bahnhof in ein mehrstöckiges Einkaufszentrum umgewandelt wurde.

Die Euclid Avenue weist den Weg zum **Playhouse-Square,** wo vier Theater die besten Tourneeproduktionen Amerikas präsentieren. Eine kurze Auto- oder U-Bahnfahrt führt gewissermaßen in den Keller der in mehreren Ebenen angelegten Stadt. **The Flats** ist ein Überbleibsel aus der Zeit, als Cleveland mit der Gewinnung von Eisenerz beste Geschäfte machte. Die Lagerhallen wurden in ein Vergnügungsviertel mit Bars, Restaurants, Diskotheken und einer Open-Air-Musikarena umfunktioniert.

> ### Extrem Angesagt!
> „Cleveland's hot" (etwa: „Cleveland ist angesagt"), lautet das Motto. Der Rest Amerikas nimmt anerkennend den Wiederaufstieg Clevelands in die erste Städteliga zur Kenntnis.

ROUTE 2

 Cleveland Convention and Visitors Bureau, Suite 3100, Terminal Tower, Cleveland, OH 44113-2290, ☎ 216/621-4110, 🖷 621-5967.

 Wyndham, 1260 Euclid Ave., ☎ 216/615-7500, 🖷 615-3355. Modernes Nobelhotel direkt im Theaterdistrikt. $⟩
Budgetel Inn, 1421 Golden Gate Blvd., ☎ 216/442-8400, 🖷 442-0327. Der günstige Preis und das kostenlose Frühstück rechtfertigen die Lage ein paar Meilen außerhalb. $–$⟩

Rock 'n' Roll Hall of Fame in Cleveland

 Longhorn Steakhouse, 1058 Old River Rd., ☎ 216/623-1880. Auch wenn man nicht den ganzen Tag Erz verladen hat, bekommt man in diesem Flats-Restaurant ein Riesensteak. $⟩–$⟩
Frank & Pauly's, 200 Public Sq., ☎ 216/575-1000. Direkt im Zentrum gelegen, bietet sich dieser Italiener nach dem Shoppen in Tower City an. $–$⟩

Erzfrachter beim Manöver durch die Flats von Cleveland

Detroit

Bewohner Detroits bezeichnen ihre Stadt (992 000 Einw.; 1917 km) gerne als „The city that drives the world" („die Stadt, die die Welt antreibt"). Das klingt zwar reichlich übertrieben, immerhin aber werden in der Metropole am Detroit River 22 % aller in den USA verkauften Autos produziert. Konzerne wie General Motors oder Ford haben hier ihr Hauptquartier.

Downtown

Der Downtown-Bereich der Millionenstadt zeugt an vielen Stellen noch heute von den Problemen der 80er Jahre, als es während der Rezession mit Detroit steil bergab ging. Die lieblose Ansammlung von Bürogebäuden und die

Stahlglitzerndes Renaissance Center in Detroit

ROUTE 2

daraus resultierenden eintönigen Straßenschluchten machen auf Besucher nicht gerade einen verlockenden Eindruck. Eine Ausnahme bildet das **Renaissance Center,** ein Ensemble aus sieben stahlglitzernden, runden Türmen am Detroit River, die sich bis zu 73 Stockwerke in die Höhe recken. Das **Detroit Institute of Arts** ist das fünftgrößte Museum der USA. Spektakulär im Innern der Ausstellung ist Diego Riveras Freskenmalerei, die die vier Wände des zentralen Museumsraumes einnimmt (5200 Woodward Ave.; ⊙ Mi bis Fr 11–16, Sa/So 11–17 Uhr). In den höchsten Tönen loben Experten das ***Museum of African American History,** das einen guten Überblick über die afrikanische Kultur gibt (315 East Warren St.; ⊙ Di–Sa 9.30–17 Uhr).

Im Vergleich zu diesen Museums-Megabauten wirkt das ***Motown Historical Museum** eher bescheiden. Für Musikfreunde ist die Ausstellung, die in einem Studio namens *Hitsville, USA* des Motown-Gründers Berry Gordy Jr. untergebracht ist, jedoch ein Kleinod (2648 W. Grand Blvd.).

****Henry Ford Museum & Greenfield Village**

Die größte Attraktion Detroits liegt im Stadtteil Dearborn. Es ist das Vermächtnis des Mannes, dessen Name gleichbedeutend ist mit dem Autoboom in Detroit. Technik und Fortschrittsglaube sind die Themen im **Henry Ford Museum.** Dabei steht zwar die Entwicklung des Automobils im Mittelpunkt, zu sehen sind aber auch Lokomotiven, Nähmaschinen, Postkutschen, Uhren und Druckerpressen. **Greenfield Village** bietet einen gelungenen Kontrast zu dieser Welt der Technik. Aus allen Teilen Amerikas ließ Henry Ford typische Häuser, Höfe und Schulen des 19. und des frühen 20. Jhs. nach Dearborn transportieren, unter anderem sein Geburtshaus und die Werkstatt, in der die Gebrüder Wright ihren legendären ersten Motorflug vorbereiteten (20900 Oakwood Blvd.).

Kleiner Grenzverkehr

Über eine Brücke oder durch einen Tunnel kommt man von Detroit aus in Minutenschnelle nach Kanada. Der Grenzübertritt ist in beide Richtunge problemlos – so lange man seinen Reisepass dabei hat.

Metropolitan Detroit Convention & Visitors Bureau, 100 Renaissance Center, Suite 1900, Detroit, MI 48243-1056, ☎ 313/259-4333, 🖷 259-7583. Visitor Information Centers: Greenfield Village; Renaissance Center.

Westin Hotel, Renaissance Center, ☎ 313/568-8000, 🖷 568-8146. Das Hotel liegt im höchsten der sieben Türme. $$$
Greenfield Inn, 3000 Enterprise Dr., Allen Park, ☎ 🖷 313/271-1600. Modernes Haus der Best-Western-Kette, nahe Henry Ford Museum. $

Harlequin Cafe, 8047 Agnes St., ☎ 313/331-0922. Tandoori-Küche. $–$$
Pegasus Taverna Restaurant, 558 Monroe St., ☎ 313/964-6800. Typisches Lokal im Ausgehviertel Greektown. $
Union Street, 4145 Woodward Ave., ☎ 313/831-3965. Laut und flippig, der Treffpunkt der Einheimischen. $

Von Detroit bis Springfield

Die I-94 zwischen Detroit und Chicago verdient den Beinamen **Outlet Alley.** Von Wein über Fliesen und Gold bis hin zu Zigaretten gibt es in den Stores entlang der Fahrbahn alles zu Fabrikpreisen.

Die Fabrikatmosphäre verstärkt sich noch in den zu Indiana gehörenden Vororten von ****Chicago** (2362 km; s. S. 42). Dort sieht man die letzten der Stahlwerke, für die die Stadt einst so berühmt war. Um in Chicago den Weg nach St. Louis zu finden, bedarf es star-

ROUTE 2

ker Nerven. Ideal ist die I-55, die im südlichen Teil der Stadt beginnt.

Etwa 20 km hinter Bloomington wartet mit dem **Dixie Trucker Home** im Dörfchen *McLean* (2610 km) ein Tankstellenkomplex, der wie eine Filmkulisse anmutet. Der Eindruck täuscht nicht so ganz: Die Regisseure von Road Movies nutzen die Brummi-Raststätte gerne für ihre Aufnahmen. Eine **Hall of Fame** widmet sich mit diversen Exponaten der legendären Route 66 (s. u.), die an dem Gebäude vorbeiführt.

Springfield

Die Hauptstadt des Bundesstaates Illinois (105 000 Einw.; 2688 km) ist die Wahlheimat des vielleicht berühmtesten US-Präsidenten: Abraham Lincoln. (1809–1865) „Abe" ist in Springfield noch heute allgegenwärtig, wie ein Bummel durch die Innenstadt zeigt. Besonders interessant ist die Umgebung rund um das *Lincoln Home*

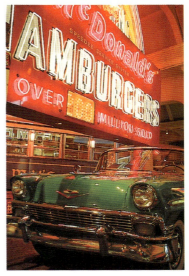

Oldtimer im Henry Ford Museum

Get Your Kicks ...

Sommer 1948: Der Musiker Bobby Troup muss beruflich von Chicago nach Los Angeles fahren. Wie jeder, der in diesen Tagen die Strecke vor sich hat, benutzen Bobby und seine Frau Cynthia die Route 66, die direkte Verbindung zwischen den Großen Seen und dem Pazifik. Und wie fast jeder, der auf der Straße mit der Schnapszahl unterwegs ist, gerät auch das Ehepaar Troup hellauf in Begeisterung über die 4000-Kilometer-Reise durch acht US-Bundesstaaten. Denn die Tour bietet einen Querschnitt durch das Leben in Amerika: Sie führt durch das Farmland von Illinois und Missouri, macht einen Schlenker durch Kansas, durchquert den Rinderstaat Oklahoma und die Weiten von Texas und New Mexico, zieht sich durch die Canyon-Landschaften von Arizona und an den Obstplantagen von Kalifornien vorbei und endet schließlich am Pier von Santa Monica. Schon während der Fahrt komponiert Bobby Troup ein Lied über die Route 66, dessen Refrain zum Motto der mobilitätsvernarrten Amerikaner werden sollte: „Get Your Kicks on Route 66". Troups Song wird erst zum Hit, dann zum Evergreen und zur Ode für die berühmteste Straße der Welt. Obwohl die Route 66 seit 1984 Geschichte ist, bemühen sich ihre Fans darum, die „Main Street of America" nicht in Vergessenheit geraten zu lassen. Wären nicht die modernen Autos, die einem auf der von der „Route 66 Association" ausgeschilderten Traditionspiste entgegenkommen, könnte man glauben, in den 50er Jahren unterwegs zu sein: Urige Restaurants, in denen seit den 30er Jahren Route-Reisende bedient werden, und aufgegebene, verwitterte Tankstellen, die von besseren Zeiten zeugen, machen die Fahrt zu einem Nostalgieerlebnis.

ROUTE 2

(8th/Jackson Sts.), ein Wohnhaus des ersten republikanischen Präsidenten.

Südlich von Springfield geht es auf der I-55 weiter – es sei denn, man entscheidet sich für eine „Zeitreise" und setzt die Fahrt auf der Route 66 fort.

St. Louis

Ein gigantischer Bogen kündigt das Ende der Route an: Der *Gateway Arch ist das stählerne Symbol der Stadt, das als Tor zum Westen gilt (397 000 Einw.; 2844 km). Der Bogen ist ein architektonisches Jahrhundertwerk. Er besteht aus 142 sich verjüngenden dreieckigen Stahlsegmenten, die von beiden Seiten aus simultan in die Höhe gebaut wurden. Auf beiden Seiten fährt eine Bahn durch das hohle Innere des Bogens, um Besucher zum Aussichtspunkt im Scheitel des 192 m hohen Bauwerks zu bringen. Die Gondeln sind eine Meisterleistung für sich (◐ im Sommer tgl. 8–22, im Winter tgl. 9–18 Uhr).

> ### Beton-Shake und mehr
> **Ted Drewes Frozen Custard** mixt seit 1929 Milk-Shakes in St. Louis und wurde zur Institution. Hier wurde der Beton-Shake erfunden, den man sogar auf den Kopf drehen kann, ohne dass er aus dem Becher fließt (6726 Chippewa, St. Louis, ☎ 314/481-2652, tgl. 11–23 Uhr).

Obwohl in St. Louis neun der 500 größten US-Firmen ihren Hauptsitz haben, verläuft das Leben hier beschaulich. Das zeigt sich besonders im **Forest Park,** der größten innerstädtischen Parkanlage Amerikas. Ursprünglich wurde sie für die Weltausstellung 1904 angelegt. Ein Überbleibsel aus diesen Tagen ist der von Cass Gilbert im Roman-Revival-Stil gebaute *Fine Arts Palace,* der heute das **St. Louis Art Museum** beherbergt. Werke aus Renaissance und Impressionismus bilden den Schwerpunkt der Ausstellung (◐ Di 13.30–20.30, Mi–So 10–17 Uhr).

Nur im übertragenen Sinn berauschend ist die Tour über das Werksgelände von **Anheuser-Busch.** Nach dem Gang durch endlose Hallen, in denen Millionen Dosen Bier auf ihren Abtransport in alle Teile Amerikas warten, gibt's Kostproben des Gerstensaftes (I-55/Arsenal St.; ◐ Mo-Sa 9–16 Uhr). Einer der Lieblingssportarten der Amerikaner, dem Bowling, wird in der **National Bowling Hall of Fame** gehuldigt (111 Stadium Plaza; ◐ Okt.–März tgl. 11–16, im Sommer Mo–Sa 9–17, So 12–17 Uhr).

Ein guter Ausgleich zu derlei sportlichem Einsatz bietet ein gemütlicher Einkaufsbummel in der **Union Station,** einem ehemaligen Bahnhof, der jetzt einen Shoppingkomplex beherbergt (18th/Market St.).

Während sich **Laclede's Landing** nahe dem Mississippiufer dem Jazz verschrieben hat, geht es im **Soulard-District** ursprünglicher zu. In dem historischen Backsteinviertel bestimmen Blues-Bars die Szenerie.

St. Louis Convention & Visitors Commission, One Metropolitan Square, St. Louis, MO 63102, ☎ 314/421-1023, 🖷 421-0039. St. Louis Visitors Center, 308 Washington Ave.

Drury Inn, 711 N. Broadway, ☎ 314/231-8100. Suite-Hotel mit freiem Parken. Ⓢ
Westport Park, 2434 Old Dorsett Rd., ☎ 314/291-8700, 🖷 291-2891. Die Annehmlichkeiten dieses Tagungshotels machen die Entfernung nach Downtown nebensächlich. Ⓢ–Ⓢ

Hannegan's, 719 N. Second St., ☎ 314*241-8877. Das Dinner wird in einem ehemaligen Senatorenklub serviert. Ⓢ
Hard Shell Cafe & Bar, 1860 S. 9th St., ☎ 314/231-1860. Die beste Cajun-Küche nördlich von New Orleans. Ⓢ

Route 3

Südstaatenidylle pur

**New Orleans – *Natchez –
*Vicksburg – *Memphis – *Nashville – Chattanooga – *Atlanta – Mobile – **New Orleans (2412 km)

Schaufelraddampfer, die sich majestätisch ihren Weg auf dem Mississippi bahnen, und Herrschaftshäuser, bei denen die Zeit vor 150 Jahren stehen geblieben zu sein scheint: Bei dieser Route, für die etwa zwei Wochen einzuplanen sind, erlebt man die besten Seiten des Grand Old South. Sie vermittelt einen guten Eindruck von diesem etwas anderen Amerika – seinen traditionsbewussten Menschen und seiner unverwechselbaren Landschaft mit langen Eichenalleen und endlosen von Zypressen gesäumten Straßen.

Von **New Orleans nach Baton Rouge

Im Westen von **New Orleans** (s. S. 48) beginnt die Fahrt auf dem Hwy. 18, der für Freunde des *Ol' Man River* zunächst eine Enttäuschung ist, denn ein eintöniger Damm verbirgt die Sicht auf den Fluss. Am Highway liegen dafür einige der schönsten Südstaatenplantagen. Für Experten ist **Laura** (94 km), bei der Ortschaft *Vacherie,* der authentischste Versuch, das Leben vor 200 Jahren zu rekonstruieren (2247 Hwy. 18; ◌ tgl. 9.30–17 Uhr).

Bei aller Authentizität kann Laura nicht mit der berühmten Nachbar-Plantage *Oak Alley (100 km) mithalten, deren Allee mit mächtigen Eichenbäumen dem Anwesen den Namen gab. Heute lassen sich jährlich 250 000 Südstaatenfans bei einer Tour in die Zeit vor Ausbruch des Bürgerkriegs ent-

Oak Alley Plantation

Schlafgemach für Gäste der Nottoway Plantation

Gateway Arch in St. Louis

ROUTE 3

führen (🕐 Führungen tgl. 9–17, Hochsaison bis 17.30 Uhr). Beinahe noch schöner ist ****Nottoway Plantation** (158 km) bei White Castle. Das zweigeschossige, weiße Herrenhaus eines Zuckerrohrpflanzers bildet den Mittelpunkt der größten und elegantesten Südstaatenplantage. Das 1859 erbaute Haupthaus mit seinen 64 Zimmern ist ein gut erhaltener Zeuge einer längst vergangenen Zeit (🕐 tgl. 9–17 Uhr).

In **Baton Rouge** (220 000 Einw.; 180 km) bietet das *Louisiana State University Rural Life Museum* einen Kontrast zum Luxus der Herrenhäuser. Bei der Besichtigung der spartanischen Blockhäuser wird schnell klar, dass das Leben der einfachen Leute auch in diesem bedeutenden Zuckeranbaugebiet kein Zuckerschlecken war (4600 Essen Ln.; 🕐 tgl. 8.30–17 Uhr). Aber die Stadt, die ihren Namen einem blutgetränkten Zypressenbaum verdankt, kann auch mit Eleganterem aufwarten. Angeblich ließ sich Gouverneur Huey Long von der Architektur aus der Zeit Ramses II. inspirieren, als er 1931 das *State Capitol* in Auftrag gab. In nur 14 Monaten zogen die Bauarbeiter einen 34-stöckigen Wolkenkratzer hoch, für den 26 Marmorarten verwendet wurden (Riverside Mall/Spanishtown Rd.; 🕐 Aussichtsterrasse tgl. 8–16.30 Uhr).

*Natchez

In Natchez (19 500 Einw.; 319 km) wohnten vor dem Bürgerkrieg elf der 13 Millionäre Mississippis. Die Baumwollkönige verloren mit dem Krieg auch ihr Vermögen. Was blieb, sind zahlreiche *Antebellum*-Häuser – Herrschaftshäuser aus der Zeit vor dem Bürgerkrieg. Glanzstück ist **Longwood**, eine achteckige Privatresidenz mit 33 Räumen (Lower Woodville Rd.; 🕐 tgl. 9–16.30 Uhr). Einen Eindruck vom Reichtum der Baumwollpflanzer bekommt man auch in **Stanton Hall**, einer 1857 erbauten Villa, die einen ganzen Straßenblock einnimmt (High/Pearl St.; 🕐 tgl. 9–16.30 Uhr). Das Indianermuseum **Grand Village of the Natchez Indians** wurde auf einem der Hügel gebaut, in denen der Stamm seine Häuptlinge bestattete (400 Jefferson Davis Blvd.; 🕐 Mo–Sa 9–17, So 13.30 bis 17 Uhr).

Natchez Convention and Visitors Bureau, 422 Main St., Natchez, MS 39121, ☎ 1-800-647-6724. Besucherinformation, 370 Sergent Prentiss Dr.

Monmouth Plantation, 36 Melrose Dr., ☎ 601/442-5852. In dieser Villa von 1818 kann man wie einst die Plantagenbesitzer im Luxus schwelgen. $

Carriage House, 401 High St., ☎ 601/445-5151. Wegen des historischen Ambientes das beliebteste Restaurant von Natchez. $

Natchez Trace

Viel zur Attraktivität von Natchez beigetragen hat der Natchez Trace Parkway, der am Ortsausgang beginnt und fast 800 km weit bis nach Nashville führt. Der Verlauf der Route orientiert sich bis Jackson am alten **Natchez Trace**, einem Pfad, auf dem vermutlich schon vor 8000 Jahren die Büffelherden entlangzogen.

Jackson

Jackson (197 000 Einw.; 470 km) ist die größte Stadt im südlichsten Teil des Parkway. Die Hauptstadt Mississippis brannte während des Bürgerkriegs dreimal nieder. Stets wurde dabei die **City Hall** (219 S. President St.) aus dem Jahr 1846 verschont. Wie die City Hall wurde auch das **Old Capitol** mit seinen mächtigen Säulen im Greek-Revival-Stil erbaut (100 S. State St.). Einen Besuch lohnt das **Smith Robertson Museum,** das die Geschichte der schwarzen Bürger dokumentiert (528 Bloom St; 🕐 Mo–Fr 9–17, Sa 9–12, So 14 bis

17 Uhr). Unbestrittene Attraktion ist das **Mississippi Agriculture and Forestry Museum.** Es würdigt die beiden einst wichtigsten Erwerbsquellen in Mississippi: Land- und Waldwirtschaft (1150 Lakeland Dr.; ◎ Mo–Sa 9–17, im Sommer auch So 13–17 Uhr).

*Vicksburg

Die kleine Stadt (27 000 Einw.; 542 km) am Mississippi hat die traurige Ehre, gleichsam Synonym zu sein für die Grausamkeit des Krieges. Neun Monate lang wurde der strategisch wichtige Posten während des Bürgerkriegs von den Nordstaatentruppen belagert, bei den Kämpfen kamen 600 000 Soldaten ums Leben. Bedrückend ist der Besuch

Privatvilla Longwood in Natchez

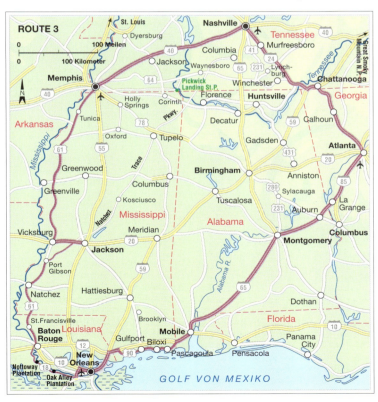

ROUTE 3

Der Amerikanische Bürgerkrieg

Obwohl die letzte Schlacht des Amerikanischen Bürgerkriegs vor mehr als 130 Jahren geschlagen wurde, lässt das Thema den Amerikanern bis heute keine Ruhe. Die Auseinandersetzung, die sich an der unterschiedlichen Einstellung von Nord und Süd zur Sklaverei entzündete, ist das größte Trauma in der Geschichte der USA. Bis heute wird in den Südstaaten trotzig die Flagge der Konföderierten gehisst, werden der Südstaaten-Präsident Jefferson Davis und sein oberster General Robert E. Lee als Helden verehrt. Nicht nur bei den Ewiggestrigen herrscht die Meinung vor, dass der Norden die zwangsläufige Niederlage des Südens – 6 Mio. Einwohner in den Südstaaten standen 22 Mio. Yankees gegenüber – über Gebühr ausgenutzt und den Verlierer jahrzehntelang gedemütigt habe. Der Krieg, der 600 000 Soldaten das Leben kostete, gilt als erste moderne militärische Auseinandersetzung der Welt. Wie im National Military Park von Vicksburg dokumentiert, wurde erstmals in größerem Umfang die Eisenbahn eingesetzt, wurden eiserne Kanonenschiffe und U-Boote getestet. Einen Kontrast dazu bietet das Verhalten der Soldaten. Während die Feinde einander tagsüber belauerten, setzten sie sich abends zusammen, tauschten Tabak aus und erzählten von ihrem Leben. Im Morgengrauen legte man die Waffen dann wieder aufeinander an.

des **Vicksburg National Military Park,** eines hügeligen Geländes, in dem sich Nord- und Südstaatler monatelang gegenüberlagen.

Das kleine **Museum of Coca Cola** trägt der Tatsache Rechnung, dass Vicksburg die erste Stadt war, in der Coke in Flaschen abgefüllt wurde (1107 Washington St.). Eine außergewöhnliche Institution ist die **Waterways Experiment Station.** In dieser Armeeeinrichtung werden die Auswirkungen von Flussbegradigungen und Einwirkungen auf den Wasserhaushalt einer Region erforscht und dokumentiert (3909 Halls Ferry Rd.; ☾ tgl. 7.45–16.15 Uhr).

Vicksburg Convention and Visitors Bureau, P.O. Box 110, Vicksburg, MS 39181-0110, ☎ 601/636-9421 oder 1-800- 221-3536, 🖷 636-9475.

The Corners, 601 Klein St., ☎ 601/636-7421, 🖷 636-7232. B & B-Haus mit Aussicht auf den Mississippi. Ⓢ–Ⓢ
Annabelle, 501 Speed St., ☎ 601/638-2000, 🖷 636-5054. Ein Traum von einem B & B-Anwesen. Ⓢ

Jacques Cafe in the Park, I-20/Frontage Rd., ☎ 601/638-5811. Mischung aus italienischer und Cajun-Küche. Ⓢ
Walnut Hills, 1214 Adams St., ☎ 601/638-4910. Hier wird's spannend – es gibt keine Speisekarte ... Ⓢ

Tunica

Zur Weiterfahrt bietet sich der Hwy. 61 entlang dem Mississippi an. Kurz vor Memphis wartet mit Tunica (833 km) ein Las-Vegas-artiges Vergnügungszentrum auf spielfreudige Gäste.

*Memphis

Die Mississippi-Metropole (615 000 Einw.; 903 km) freut sich zwar über Zigtausende Touristen aus aller Welt, doch haben die meisten Besucher nur ein Ziel: **Graceland,** den einstigen Wohnsitz von Elvis Presley. In dem unscheinbaren Anwesen lebte der „King" mit seiner Familie von 1957 bis zu seinem Tod 1977. Der Rundgang durch das Haus zeugt vom skurrilen Geschmack des Musikers, der sein farbenfrohes Fernsehzimmer mit drei Appara-

ROUTE 3

ten ausstattete, weil er gehört hatte, dass auch der US-Präsident stets drei Sendungen gleichzeitig verfolge. Rund um Graceland entstand ein *Elvis-Themenpark* (3675 Elvis Presley Blvd.; ◔ im Sommer tgl. 7.30–19, im Winter tgl. 8.30–17 Uhr).

Nicht ganz so populär wie Graceland ist das **Sun Studio,** in dem Elvis Presley 1954 seine erste Schallplatte aufnahm. Für Atmosphäre beim Rundgang durch die immer noch genutzten Studios sorgen krächzende Aufnahmen von Muddy Waters, Johnny Cash und Roy Orbison, deren Karrieren hier ebenfalls ihren Anfang nahmen (706 Union Ave.; ◔ Juni–Aug. tgl. 9.30–18.30, sonst 10.30–17.30 Uhr).

In der einstigen Sklavenmarktstadt erlebte auch die Musik der Schwarzen, der Blues, seinen Durchbruch. Eine Büste von *W. C. Handy,* der mit „Memphis Blues" den ersten Song dieser Musikrichtung niederschrieb, steht in der **Beale Street,** wo bis tief in die Nacht hinein die Musik der Lokalhelden B. B. King, Alberta Hunter und Isaac Hayes aus den Kneipen erklingt.

Das nahe **National Civil Rights Museum** sorgt für einen abrupten Stimmungswechsel. Hier, im ehemaligen *Lorraine Motel,* wurde Martin Luther King Jr. am 4. April 1968 erschossen. In Filmen, mit Bildern und Texten werden die Stationen der Schwarzen Bürgerrechtsbewegung in Erinnerung gerufen (450 Mulberry St.; ◔ Mo, Mi–Sa 10 bis 18, So 13–18 Uhr).

Mancher Memphis-Besucher wird an eine Fata Morgana glauben, wenn er plötzlich eine stahlglänzende, 32-stöckige **Pyramide** erblickt. Die Pyramid-Veranstaltungshalle mit einer Pharaonenstatue im Hof soll die Verbundenheit zur antiken ägyptischen Stadt, nach der Memphis benannt wurde, dokumentieren (1 Auction Ave.).

Ein Mississippi River im Kleinformat ist die Attraktion beim *River Walk* auf der

Baumwollballen im Agricultural and Forestry Museum, Jackson

Vicksburg National Military Park

Am Grab von Elvis Presley

Automobilmuseum in Graceland

ROUTE 3

Insel **Mud Island**. Die letzten 900 Meilen des Flusses wurden hier nachgebildet. Das Wasser schlängelt sich an Miniaturstädten vorbei und mündet in den „Golf von Mexiko", ein Freibad.

Memphis Convention & Visitors Bureau, 47 Union Ave., Memphis, TN 38103, ☎ (901) 543-5300, 📠 543-5350.
Visitors Information Center, 340 Beale St., ☎ 901/543-5333.

The Peabody, 149 Union Ave., ☎ 901/529-4000, 📠 529-9600. Legendär: Der morgendliche Auftritt der Haus-Enten. $$$
Wilson World Hotel, 3677 Elvis Presley Blvd., ☎ 901/332-1000, 📠 332-2107. Auf den Zimmern gibt's Elvis-Videos rund um die Uhr. $

> **Das Barbecue ...**
>
> ... bei **Corky's** ist legendär. Will man als Einheimischer durchgehen, futtert man seine Portion stilgerecht mit den Fingern im Auto (5259 Poplar Ave., ☎ 901/685-9744, tgl. 10.45–22, Fr und Sa bis 22.30 Uhr).

Rendezvous, 52 S. 2nd St., ☎ 901/523-2746. Memphis ist bekannt für seine Barbecues – hier gibt es das beste. $
Maxwell's, 948 S. Cooper St., ☎ 901/725-1009. Populäres Lokal, in dem sich die Einheimischen auf einen Salat oder ein Sandwich treffen. $

*Nashville

Country-Musik aus jeder Bar, coole Typen in Jeans mit fast pizzagroßen Gürtelschnallen, dazu riesige Stetson-Hüten und Cowboy-Stiefeln: das ist die „Music City USA" (532 000 Einw.; 1239 km). Sie ist genauso, wie man sie sich vorstellt – zumindest in der **Music Row**, der rund um die Ecke 16th Avenue South und Demonbreun Steet gelege-

nen Weltzentrale der Country-Musik mit Aufnahmestudios, Instrumentenläden, Souvenirshops und Kneipen. So wie Graceland das Pflichtprogramm der Besucher von Memphis ist, führt in Nashville kein Weg an der *Country Music Hall of Fame** vorbei (4 Music Sq. E.; ⏱ im Sommer tgl. 8–18, im Winter tgl. 9–17 Uhr).

Das **Bluebird Cafe** ist eines der authentischsten Lokale mit Country-Live-Musik in Nashville. Viele Stars der Szene wurden hier entdeckt (4104 Hillsboro Rd., Nashville, ☎ 615/383-1461, Konzerte tgl. um 18 und 21 Uhr).

Der vielleicht außergewöhnlichste Vergnügungspark Amerikas, Opryland, wurde quasi über Nacht geschlossen. Glücklicherweise blieb die **Grand Ole Opry** auf dem Gelände, wo die Achterbahn direkt an der Country-Showbühne vorbeiraste, von der Abrissbirne verschont. So wird heute immer noch die *Grand Ole Opry Show* produziert, die bereits seit 70 Jahren Woche für Woche über den Äther geht. Zwar ist der riesige Saal mit seinen 4400 Plätzen nicht immer bis auf den letzten Platz gefüllt, und es strahlt nur noch ein Mittelwellensender die Konzerte aus, aber das ändert nichts daran, dass es sich dabei um eine Legende handelt. Und wie es sich für eine richtige Legende gehört, gibt es gleich nebenan auch das passende Museum (2802 Opryland Drive, ☎ 615/889-6611, ⏱ tgl. 10.30 bis 16 Uhr, im Sommer länger). Das **Ryman Auditorium,** eine umgebaute Kirche, war von 1943–74 Schauplatz der Grand Ole Opry Show. Noch heute finden in der *Mother Church of Country Music* Konzerte statt – die Akustik ist unübertroffen (116 5th Ave. N.).

Die Versuche Nashvilles, seinen Besuchern mehr zu bieten als nur Country-Musik, fallen halbherzig aus. Eine der wenigen Ausnahmen ist das rekonstruierte **Fort Nashborough,** dessen Holzpalisaden und -hütten an die 1779 errichtete Befestigungsanlage erinnern sollen. Das Fort ist Ausgangspunkt eines Spazierwegs, der quer durch Downtown führt (170 First Ave.).

Dem griechischen Baustil ist **The Hermitage,** das Landhaus Andrew Jacksons, des 7. US-Präsidenten, nachempfunden. Heute ziert sein Konterfei den 20-Dollar-Schein (4850 Rachel's Lane; tgl. 9–17 Uhr).

32-stöckige Pyramide samt Pharaonenstatue in Memphis

 Nashville Convention &t Visitors Bureau, 161 4th Ave., Nashville, TN 37219, ☎ 615/259-4700, ☏ 244-6278.

 Opryland Hotel, 2800 Opryland Dr., ☎ 615/889-1000, ☏ 871-5828. Viel Atmosphäre mit tropischem Atrium und Wasserfall, teuer. $)))
Shoney's Inn, 1521 Demonbreun St., ☎ 615/255-9977, ☏ 242-6127. Haus an der Music Row, in dem angeblich auch die Stars übernachten. $

 The Mad Platter, 1239 6th Ave. N., ☎ 615/242-2563. Gemütliches Restaurant in einem alten Backsteinlagerhaus, Südstaatenküche. $
The Old Spaghetti Factory, 160 Second Ave. N., ☎ 615/254-9010. Das einstige Warenhaus wurde urgemütlich hergerichtet. $

Country-Musiker beim Kneipenauftritt in Nashville

Abstecher nach Lynchburg

Die Interstate-Abfahrt ist die 111, der Highway trägt die Nummer 55 – bei so vielen Schnapszahlen ist das Ziel klar: **Jack Daniel's,** die berühmteste Destillerie Amerikas. Bei Jack Daniel's geht es genauso zu, wie es die Werbung immer behauptet: Alle haben viel Zeit, den

Westernabend in der berühmten Grand Ole Opry von Nashville

ROUTE 3

mehr als 100 Litern Whiskey, die hier lagern, beim Reifen zuzusehen. Ein Probefläschchen gibt es leider nicht, denn Lynchburg liegt in einem Dry County, in dem nichts Hochprozentiges ausgeschenkt wird (◐ tgl. 8–16 Uhr).

Chattanooga

Dank Glenn Millers Song „Chattanooga Choo-Choo" ist der Name dieser Stadt (153 000 Einw.; 1443 km) vielen ein Begriff. Der Besucher, der nach der Choo-Choo-Bahn fragt, muss jedoch zur Kenntnis nehmen, dass der Zug abgefahren ist. Im 1970 stillgelegten **Southern Railroad Terminal** steht immerhin eine bonbonfarben bemalte Eisenbahn, die an die Choo-Choo-Legende erinnern soll (1400 Market St.).

Auch neben der größten Attraktion Chattanoogas, dem **Tennessee Aquarium,** ist der Text des Choo-Choo-Liedes in Steinplatten eingemeißelt. Hier kann man in rekonstruierten Biotopen Flora und Fauna der unterschiedlichsten Regionen hautnah erleben (1 Broad St.; ◐ tgl. 10–18 Uhr, im Sommer länger).

Einmalig hingegen ist die **International Towing & Recovery Hall of Fame.** Das Museum setzt der Abschleppbranche ein Denkmal (401 Broad St.; ◐ Mo–Fr 10–16.30, Sa/So 11–17 Uhr).

Chattanoogas **Lookout Mountain** bietet eine hervorragende Übersicht über die Region, er war während des Bürgerkriegs von strategisch wichtiger Bedeutung. 1863 wurden innerhalb von neun Wochen zwei Schlachten um Chattanooga geschlagen. Heute bringt die 1895 gebaute *Incline Railway* Besucher zur Bergstation und überwindet dabei Steigungen von mehr als 70 %. Den besten Blick hat man von *Rock City* aus.

Wer in Chattanooga partout Eisenbahn fahren möchte, ist bei der **Tennessee Valley Railroad** an der richtigen Adresse. Eisenbahnfans haben 1961 einige Originalzüge gekauft und bieten Nostalgiefahrten an (4119 Cromwell Rd., ☎ 423/894-8028).

 Chattanooga Area Convention and Visitors Bureau, 1001 Market St., Chattanooga, TN 37402, ☎ 423/756-8687, ≞ 265-1630. Chattanooga Visitor Center am Aquarium; ◐ tgl. 8.30–17.30 Uhr.

 Chattanooga Marriott, 2 Carter Plaza, ☎ 423/756-0002, ≞ 266-2254. Selbst das beste Haus am Platz ist bezahlbar. Ⓢ
Chattanooga Choo-Choo / Holiday Inn, 1400 Market St., ☎ 423/266-5000, ≞ 265-4635. Für Eisenbahnfreunde das einzig mögliche Hotel. Ⓢ

 Silver Diner, 1400 Market St., ☎ 432/266-5000. Typisch amerikanisches Diner. Ⓢ

*Atlanta

Der Zuschlag für die Olympischen Sommerspiele 1996 verwandelte die verschlafen wirkende Südstaatencity (394 000 Einw.; 1627 km) zumindest downtown in eine hektische, selbstbewusste Metropole. 1990, das Jahr, in dem Atlanta die Olympiade zugesprochen wurde, ist deshalb für viele fast ein drittes Gründungsdatum der Stadt. Das erste geht zurück ins Jahr 1837, als Atlanta als Endstation der Western & Atlantic Railroad gegründet wurde, das zweite ins Jahr 1864, als die im Bürgerkrieg völlig zerstörte Stadt einen Neuanfang begann.

World of Coca Cola

Die meisten Besucher Atlantas führt der erste Weg in die World of Coca Cola. Das Museum bietet eine amüsante Auseinandersetzung mit dem Phänomen Coca Cola. Eine Uhr zählt unermüdlich die weltweit verkauften Coke-Portionen – 10 000 pro Sekunde (55 Martin Luther King Jr. Dr., ◐ Mo–Sa 9–17, So 12–18 Uhr, im Sommer länger).

Tipp Der Coca-Welt gegenüber befindet sich **Underground Atlanta,** ein ehemaliges Eisenbahndepot, das zu einer Restaurant- und Einkaufspassage mit Kopfsteinpflaster und flackernden Gaslampen umgebaut wurde.

Unspektakulär wirkt das **CNN Center,** die Zentrale von Cable News Network, kurz CNN. Touren führen mitten in das Herz des Senders, der sich gerne als World News Leader bezeichnet. Die längste frei tragende Rolltreppe der Welt bringt die Besucher zu einer Galerie, von der aus man den Redakteuren und Moderatoren bei der Arbeit zuschauen kann (100 Techwood Dr.; ⏲ tgl. 9–18 Uhr).

Einen Sprung in die Politik vergangener Tage macht man beim Besuch der ** **Martin Luther King Jr. Historic Site** mit der kleinen *Ebenezer Baptist Church,* in der der Reverend in dritter Generation predigte (407–413 Auburn Ave.). Im benachbarten *Martin Luther King Jr. Center for Nonviolent Social Change* ist sein Sarg aufgebahrt (449 Auburn Ave.). Ein kleines Museum schildert den Werdegang Kings zum bedeutendsten Bürgerrechtler dieses Jahrhunderts. Den Abschluss des King-

Hier reift der legendäre Whiskey von Jack Daniel's

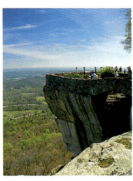

Lookout Mountain bei Chattanooga

Das Leben Margaret Mitchells

Kein Buch mit Ausnahme der Bibel wurde so oft verkauft wie „Vom Winde verweht", der einzige Bestseller von Margaret Munnerlyn Mitchell. Die Autorin arbeitete mit ihrem Roman über die bittersüße Romanze zwischen dem verwöhnten Balg Scarlett O'Hara und dem unnahbaren Beau Rhett Butler das Trauma Bürgerkrieg auf, der Mitchells Heimatstadt Atlanta ganz besonders beutelte. Vielleicht wäre das Jahrhundertwerk nie geschrieben worden, hätte Margaret Mitchell wegen gesundheitlicher Probleme nicht ihren Job als Reporterin des „Atlanta Journal" aufgeben müssen. Als John Marsh seiner gelangweilten Frau eine Schreibmaschine kaufte, begann sie 1926 mit der Arbeit zu „Morgen ist ein neuer Tag", einem Epos, das 1936 Verleger Harold Latham in die Hände fiel und drastisch gekürzt unter dem Titel „Vom Winde verweht" in die Läden kam. Ebenso wie der Roman hatte auch die Geschichte Margaret Mitchells kein Happyend. Die Pulitzer-Preisträgerin konnte ihrem Erfolg kein zweites Buch folgen lassen. Stattdessen nervte sie Zeitungsredaktionen mit abenteuerlichen Stories über sich und ihren Roman. 48-jährig starb die Autorin 1949 bei einem Unfall.

ROUTE 3

Distrikts bildet das bescheidene *Geburtshaus* des Reverend (501 Auburn Ave.).

Das **Margaret Mitchell House** scheint in Atlanta nicht nur Freunde zu haben. Bereits zweimal in jüngster Zeit wurde das 1914 im Tudor-Revival-Stil erbaute Haus, in dem Mitchell ihren berühmten Roman „Vom Winde verweht" schrieb, durch Brandstiftung in Mitleidenschaft gezogen und musste aufwändig restauriert werden. Höhepunkt des Rundgangs ist der *Front Room*, in dem die Autorin bis zu 60 Versionen jedes Kapitels auf einer klapprigen Schreibmaschine verfasste (Peachtree/10th Sts.; tgl. 9–16 Uhr).

Der museale Höhepunkt Atlantas ist das **High Museum of Art.** Der vom Architekten Richard Meier entworfene Bau hebt sich mit seinen runden, glatten Flächen aus weißen Emailplatten deutlich von denen der Nachbarschaft ab. Amerikanische und europäische Kunst des 19. und 20. Jhs. bilden den Kern der Ausstellung (1280 Peachtree St. N.E., Di–Sa 10–17 Uhr).

Atlanta Convention and Visitors Bureau, 233 Peachtree St. N.E., Suite 2000, Atlanta, GA 30303, ☎ 404/521-6600, 📠 577-3293. Besucherzentren im Peachtree Center (233 Peachtree St. N.E.) und in Underground Atlanta.

Hyatt Regency, 265 Peachtree St. N.E., ☎ 404/577-1234, 📠 588-4137. Nobelhotel im Zentrum. $$$
Days Inn Midtown, 683 Peachtree St. N.E., ☎ 404/874-9200. Nahe dem CNN Center, für Innenstadtverhältnisse recht preiswert. $–$$

Anthony's, 3109 Piedmont Rd., ☎ 404/262-7379. Die Kulisse ist einmalig: ein Herrenhaus von 1797. $$$
The Varsity, North Ave./Spring St., ☎ 404/881-1706. Größtes Drive-In-Restaurant der Welt. $

Montgomery

Montgomery (197 000 Einw.; 1883 km) ist untrennbar mit der Bürgerrechtsbewegung verbunden. Die Schwarze Rosa Parks hatte sich in der Hauptstadt Alabamas 1955 geweigert, einem Weißen ihren Sitzplatz im Bus zu überlassen. Parks' Verhaftung führte zum 381-tägigen Montgomery Bus Boykott, bis der US Supreme Court die Trennung von Schwarz und Weiß in öffentlichen Verkehrsmitteln aufhob. Das **Civil Rights Memorial** (Washington/Hull Sts.) erinnert an die Bewegung.

Noch weiter zurück in die Geschichte geht's beim Besuch des Regierungsviertels. Jefferson Davis, der erste und einzige Präsident der Südstaaten, wurde am 18. Februar 1861 in der kurzzeitigen Hauptstadt der Konföderation zum Präsidenten ernannt. Sein „Weißes Haus", **The White House of the Confederacy,** verschwindet beinahe zwischen den Regierungsbauten (644 Washington Ave.; Mo-Fr 8–16.30 Uhr).

Old Alabama Town

Besonders stolz ist Montgomery auf seine Old Alabama Town, mehr als drei Straßenzüge restaurierter Blockhäuser, die bis zu 170 Jahre alt sind. Leider ist zu den meisten der Häuser der Zutritt nicht gestattet (Eingang 301 Columbus St.; Mo bis Sa 9–15, So 13–15 Uhr, im Sommer länger).

Mobile

Dem Namen merkt man nicht an, dass die Ursprünge der Stadt am Golf von Mexiko (196 000 Einw.; 2155 km) auf französische Besiedlung zurückgehen. Das rekonstruierte **Fort Condé** dokumentiert die Zeit um 1724, als hier eine französische Kolonie gegründet wurde (150 S. Royal St.). Beeindruckend ist eine Fahrt über die Government Street, die Hauptstraße durch Mobile. Die

ROUTE 3

mächtigen Eichen links und rechts bilden ein für Licht und Regen fast undurchlässiges Dach über der Straße. Die Häuser im **Oakleigh Historic District** würden einer Kulisse für ein Südstaatenepos alle Ehre machen. Am prächtigsten präsentiert sich das **Oakleigh Period House Museum** (350 Oakleigh Pl.; ◐ Mo–Sa 10–16 Uhr).

Für die patriotischen Amerikaner gab es nur einen Platz, an dem das Schlachtschiff **Alabama** dauerhaft vor Anker gehen konnte: in Mobile, dem einzigen Hafen des Bundesstaates. Jetzt bildet das Schiff den Mittelpunkt einer kleinen Kriegsgerätsausstellung (2703 Battleship Parkway; ◐ tgl. 8 Uhr bis Sonnenuntergang).

State Capitol und World of Coca Cola in Atlanta

Etwas außerhalb von Mobile befinden sich die ***Bellingrath Gardens,** eine Art amerikanische Insel Mainau. Das Blütenmeer in der Parkanlage, die ein schwerreicher Industrieller 1918 anlegen ließ, ist das ganze Jahr über eine Pracht (Bellingrath Rd.; ◐ tgl. 8 Uhr bis Sonnenuntergang).

 Mobile Convention & Visitors Corporation, 1 St. Louis Ctr., Suite 2002, Mobile, AL 36602, ☏ 334/415-2000, 🖷 432-5976. Besucherzentrum im Fort Condé, 150 Royal St.

 Guest House Inn, 3132 Government Blvd., ☏ 334/471-2402, 🖷 471-9912. Preiswertes Haus an der Eichenallee. $

Martin Luther King Jr. Center for Nonviolent Social Change

 Dreamland Bar-B-Que, 3314 Old Shell Road, ☏ 334/479-9898. Eine der letzten Gelegenheiten, ein echtes Barbecue zu kosten. $

Für den Weg zurück nach ****New Orleans** (2412 km) bietet sich als Alternative zur Interstate der von Spielkasinos und Stränden gesäumte Hwy. 90 an.

Bellingrath Gardens

Praktische Hinweise von A–Z

Ärztliche Versorgung

Die ärztliche Versorgung in den Vereinigten Staaten ist hervorragend, aber teuer. Die deutschen Krankenkassen ersetzen Aufwendungen in den USA nicht. Dringend empfehlenswert ist deshalb der Abschluss einer Reisekrankenversicherung. Im Krankheitsfall wird trotzdem um Vorkasse gebeten.

Alkohol

In den meisten Bundesstaaten ist Alkohol erst ab 21 Jahren erhältlich. Bier und Wein verkaufen Lebensmittelläden. Hochprozentiges bekommt man nur in speziellen *liquor stores*. In manchen Gebieten wird sonntags kein Alkohol ausgeschenkt.

Behinderte

Behinderten („Physically Challenged") wird das Leben so einfach wie möglich gemacht. Verkehrsmittel sind ebenso behindertengerecht eingerichtet wie Restaurants, Hotels und öffentliche Gebäude. Sinnvoll ist es, bereits bei der Buchung des Hotels auf eine Behinderung hinzuweisen. Auch die Mietwagenfirmen halten spezielle Fahrzeuge für behinderte Kunden bereit.

Diplomatische Vertretungen

US-Botschaften befinden sich in Bonn, Wien und Bern, Konsulate in Berlin, Frankfurt/M., Hamburg, Leipzig, Stuttgart, Salzburg und Zürich. Bei Problemen in den USA kann man sich an folgende Adressen wenden:

Botschaft der Bundesrepublik Deutschland, 4645 Reservoir Rd. N.W., Washington, D.C. 2000–4000, ☏ (202) 298-8140, 📠 298-4249.
Österreichische Botschaft, 3524 International Court N.W., Washington, D.C. 20008-3027, ☏ (202) 895-6700, 📠 895-6750.
Schweizer Botschaft, 2900 Cathedral Ave., N.W., Washington, D.C. 20008, ☏ (202) 745-7900, 📠 387-2564.

Einreise

Für die Einreise in die USA benötigen Deutsche, Österreicher und Schweizer einen mindestens noch sechs Monate gültigen Reisepass. Der Immigration Officer verlangt außerdem mitunter die Vorlage eines Rückflugtickets. Wer länger als 90 Tage bleiben möchte, muss ein Visum beantragen, das Botschaften und Konsulate der USA ausstellen.

Elektrizität

Europäische Elektrogeräte funktionieren in den USA nur, wenn sie auf 110 Volt Wechselstrom umschaltbar sind. Den erforderlichen Adapter bringt man am besten von zu Hause mit.

Feiertage

New Year's Day (1. Jan.), Martin Luther King Day (3. Mo im Jan.; nicht in allen Bundesstaaten), Lincoln's Birthday (12. Feb.), Washington's Birthday (3. Mo im Feb.), Memorial Day (letzter Mo im Mai; offizieller Beginn der Sommersaison), Independence Day (4. Juli; amerikanischer Nationalfeiertag), Labor Day (1. Mo im Sept.; Ende der Sommersaison), Columbus Day (2. Mo im Okt.), Veterans Day (11. Nov.), Thanksgiving (4. Do. im Nov.), Christmas Day (25. Dez.). Darüber hinaus gibt es einige regionale Feiertage. Fällt ein Feiertag auf einen Sonntag, ist der darauf folgende Montag arbeitsfrei. Viele Geschäfte haben an den Feiertagen geöffnet, Behörden sind geschlossen.

Geld und Währung

Die Währungseinheit ist der Dollar ($) = 100 Cent (¢). Münzen gibt es zu

PRAKTISCHE HINWEISE VON A–Z

1 Cent (Penny), 5 Cent (Nickel), 10 Cent (Dime), 25 Cent (Quarter), seltener 50 Cent und 1 Dollar. Geldscheine, die – weil immer gleich groß und in der gleichen grünen Farbe – leicht verwechselt werden können, gibt es in Stückelungen zu 1, 5, 10, 20, 50 und 100 Dollar. Auf jeden Fall sollte man Dollar-Reiseschecks mitnehmen, mit denen man ohne Probleme in Geschäften und Restaurants bezahlen kann. Die Mitnahme einer Kreditkarte (am besten Master-/Eurocard oder VISA) ist sehr zu empfehlen. Bessere Hotels erwarten die Vorlage einer Kreditkarte ebenso wie Autovermieter. Eine Deklarationspflicht besteht für die Ein- oder Ausfuhr von Devisen ab einem Gesamtwert von 10 000 $.

Information

Florida: Florida Division of Tourism, Schillerstr. 10, D-60313 Frankfurt/M., ☎ 069/131 07 31, 📠 131 06 47.
Georgia: Department of Industry, Trade & Tourism, c/o ID Marketing Inc., Beethovenplatz 1–3, D-60325 Frankfurt/M., ☎ 069/97 46 71 87, 📠 97 46 71 00.
Große-Seen-Region: Travelmarketing Romberg, Wallstr. 56, D-40878 Ratingen-Düsseldorf, ☎ 021 02/71 11 91, 📠 211 77.
Illinois, Louisiana, Pennsylvania: Wiechmann Tourism Service, Scheidswaldstr. 73, D-60385 Frankfurt/M., ☎ 069/43 56 55, 📠 43 96 31.
Neuenglandstaaten: Discover New England, Roonstr. 21, D-90429 Nürnberg, ☎ 09 11/926 91 13, 📠 926 93 01.
North Carolina: Herzogspitalstr. 5, D-80331 München, ☎ 089/23 66 21 39, 📠 260 40 09.
South Carolina: Fremdenverkehrsbüro, ☎ 061 02/72 27 51, 📠 72 24 09.

Kleidung

Amerikaner sind, was Kleidung anbelangt, eher unkompliziert. Mit Jeans und Hemd/Bluse ist man beinahe immer passend gekleidet. Eine leichte Jacke gehört grundsätzlich ins Reisegepäck. Beim Betreten der meist klimatisierten Gebäude ist das Temperaturgefälle gravierend.

In Restaurants, die auf „Formal Attire" Wert legen, ist von der jeansbetonten Lässigkeit dann nichts mehr zu spüren. Hier muss es Abendgarderobe sein.

Kriminalität

Ein Aufenthalt in den Vereinigten Staaten ist sicherer, als es einem oft weisgemacht wird, vorausgesetzt, die üblichen Vorsichtsmaßnahmen, die für jede Reise gelten, werden eingehalten: unbelebte Gegenden meiden, im Hotel

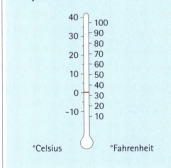

Maße, Temperatur

Länge
1 inch (in.) = 2,54 cm
1 foot (ft.) = 12 inches = 30,48 cm
1 yard (yd.) = 3 feet = 91,44 cm
1 mile (mi.) = 1,609 km

Volumen
1 pint (pt.) = 4 gills = 0,473 Liter
1 quart (qt.) = 2 pints = 0,946 Liter
1 gallon (gal.) = 4 quarts = 3,785 Liter

Gewicht
1 ounce (oz.) = 28,35 g
1 pound (lb.) = 16 ozs. = 453,6 g
1 ton (t) = 2000 lbs. = 907 kg

Temperatur

PRAKTISCHE HINWEISE VON A–Z

stets das Sicherheitsschloss vorlegen. Größere Mengen Bargeld gehören ebenso wie Reisedokumente in den Safe, von Pass und Flugschein sollte man eine Fotokopie anfertigen.

Notruf

Die amerikanischen Rettungsdienste, die Feuerwehr und die Polizei sind zentral über die gebührenfreie Notrufnummer „911" zu erreichen. Auch der Operator („0") verbindet mit Polizei oder anderen Notdiensten. Besonders in Großstädten kommt man mitunter in eine Telefon-Warteschleife, bevor man um Hilfe bitten kann. ADAC-Mitglieder erhalten bei Pannen Hilfe vom amerikanischen AAA (☎ 1-800/AAA-HELP).

Öffnungszeiten

Amerika – das Paradies für Shopper. Ein Ladenschlussgesetz gibt es nicht, viele Geschäfte und Supermärkte haben rund um die Uhr geöffnet. Bei den Einkaufszentren, den Malls, gelten als Kernöffnungszeiten Mo-Sa 10–21 Uhr und So 12–18 Uhr.

Banken haben üblicherweise Mo-Do von 9–16 und Fr bis 18 Uhr geöffnet. Die Öffnungszeiten der Museen sind sehr unterschiedlich, als grobe Orientierung gilt die Zeit zwischen 10 und 17 Uhr, in vielen Fällen ist montags geschlossen. Zahlreiche Museen sind darüber hinaus an einem Tag der Woche bis spätabends zu besichtigen. Touristeninformationen haben mindestens von Mo-Fr 10–17 Uhr geöffnet, in größeren Orten häufig auch abends und an den Wochenenden.

Post

Postämter sind Mo-Fr von 9–17 Uhr geöffnet, in Großstädten, an Flughäfen und Bahnhöfen oft auch länger. Im Gegensatz zur deutschen Post sind die amerikanischen Postämter für Telekommunikationsleistungen nicht zuständig. Briefmarken können auch an Automaten gezogen werden.

Telefon

Die Vorwahlnummer für die USA ist 001. Aus den USA ins Ausland wählt man zunächst 11, dann die Länderkennzahl (49 für Deutschland, 43 für Österreich und 41 für die Schweiz) sowie die Ortsnetzkennzahl ohne 0. Amerikanische Telefonnummern sind stets siebenstellig, ergänzt durch eine dreistellige Vorwahl. Um aus dem lokalen ins landesweite Netz zu gelangen, muss eine 1 vorweggewählt werden. Die Vorwahlnummern 800 und 888 zeigen gebührenfreie Rufnummern an, bei der 900er-Vorwahl wird es dagegen teuer. Bei allen Fragen hilft der Operator unter der Nummer „0" weiter. Preiswerter als Münz-Ferngespräche sind Telefonate mit Calling-Cards, die in vielen Geschäften zu erwerben sind.

Trinkgeld

In Restaurants ist ein Trinkgeld von 15 bis 20 % obligatorisch. Gepäckträger erhalten 1 $ pro Koffer, Zimmermädchen bei der Abreise 1–2 $ pro Aufenthaltstag.

Zeitzonen

Die östlichen Staaten der USA liegen in der *Eastern Time Zone* (MEZ minus 6 Stunden) bzw. der *Central Time Zone* (MEZ minus 7 Stunden). Der Übergang zwischen den Zeitzonen erfolgt nicht überall an den Bundesstaatsgrenzen. Die Sommerzeit in den USA beginnt und endet nicht parallel zu der in Europa, sodass es im Frühjahr und Herbst mitunter zu Verschiebungen bei den Zeitdifferenzen kommt.

Zoll

Zollfrei eingeführt werden dürfen 200 Zigaretten oder 50 Zigarren oder 2 kg Tabak, außerdem 1 l alkoholische Getränke. Landwirtschaftliche Erzeugnisse darf man nicht einführen. Bei der Wiedereinreise ins Heimatland müssen Geschenke verzollt werden, wenn der Gesamtwert der Waren 350 DM bzw. 2500 öS bzw. 200 sfr übersteigt.

Register

Orts- und Sachregister

Albany 74
Annapolis 56
Appalachen 9, 10
Architektur 16, 47
Atlanta 88 ff.
Atlantic City 56

Baton Rouge 81
Bayous 52
Beat-Musik 19
Berkshire Hills 73
Blue Ridge Mountains 9
Bluegrass-Sound 19
Blues 18
Boone Hall Plantation 59
Boston 70 ff.
Boston Tea Party 14, 70, 71
Bürgerkrieg 15, 84, 88
Buttermilk Falls State Park 74

Cambridge 72 f.
Cape Canaveral 64
Charleston 59 f.
Chattanooga 88
Chicago 42 ff.
– Art Institute of Chicago 44
– Carson Pirie Scott and Company Store 44
– Chicago Board of Trade Building 44
– Chicago Cultural Center 45
– Chicago Tribune Tower 45
– Grant Park 44
– John Hancock Center 45
– Magnificent Mile 45
– Merchandise Mart 46
– Museum of Science and Industry 46
– Navy Pier 46
– Sears Tower 44
– Water Tower 45
– Wrigley Building 45
City Blues 18
Cleveland 76 f.
Colonial Parkway 58
Country-Musik 19, 86

Daytona Beach 62
Detroit 77 f.
Dixie Trucker Home 79

Everglades 11 f., 67
Everglades National Park 67

Finger Lakes 74
Flamingo 67
Fort Lauderdale 64 f.

Große Seen 9, 12

Hancock Shaker Village 73
Harvard University 72
Hurricane 9, 10

Indian Summer 74
Ithaca 74

Jack Daniel's 87
Jackson 82 f.
Jazz 18
Journey behind the Falls 75

Laura 81
Lookout Mountain 88
Lynchburg 87

Mardi Gras 50
Memphis 84 ff.
Miami 66 f.
Miami Beach 66
Mississippi 9, 10, 81
Mobile 90 f.
Montgomery 90
Motown-Sound 19
Mud Island 86
Musical 20
Myrtle Beach 58 f.

Nashville 86 f.
Natchez 82
New Haven 68
New Orleans 48 ff.
– Aquarium of the Americas 51
– Baine Kern's Mardi Gras World 50
– Beauregard-Keyes-House 51
– Cabildo 50
– Café du Monde 50
– Farmers Market 50
– French Market 50
– French Quarter 48 ff.
– Moon Walk 50
– Natchez, Schaufelraddampfer 50
– New Orleans Historic Voodoo Museum 51
– Old Ursuline Convent 51
– Old U.S. Mint 50
– Preservation Hall 51
– Riverwalk Marketplace 51
– St. Louis Cathedral 49
Newport 68 f.
New York 28 ff.
– Brooklyn Bridge 30
– Central Park 33
– Chinatown 30
– Chrysler Building 32
– Ellis Island 29
– Empire State Building 32
– Greenwich Village 32
– Little Italy 32
– Metropolitan Museum of Art 33
– Museum of Modern Art 33
– New York Stock Exchange 29
– Rockefeller Center 32
– SoHo 32
– Solomon R. Guggenheim Museum 33
– St. Paul's Chapel 30
– Statue of Liberty 28
– Times Square 32
– Washington Square Park 32
– Windows on the World 30
– Woolworth Building 30
– World Financial Center 30
– World Trade Center 30
Niagarafälle 74 ff.
Nottoway Plantation 82

Oak Alley 81
Okefenokee Swamp 60
Orlando 62 ff.

Philadelphia 14, 54 ff.
Plantagen
– Boone Hall 59
– Laura 81
– Nottoway Plantation 82
– Oak Alley 81

Polyglott **95**

REGISTER

Prospect Park 75

Richmond 57 f.
Rock 'n' Roll 18, 84, 85
Route 66 79

St. Augustine 60 ff.
St. Louis 22, 80
Savannah 60
Springfield 79
Stockbridge 73

Tunica 84

Vicksburg 83 f.

Walt-Disney-Company 63
Walt-Disney World 62
Washington D.C. 36 ff.
- Arlington National Cemetery 39
- Capitol 37
- J. Edgar Hoover Building 36
- Library of Congress 38
- Lincoln Memorial 39
- National Air and Space Museum 38
- National Archives 37
- National Gallery of Art 38
- National Museum of American History 38
- National Museum of Natural History 38
- Smithsonian Institution 38
- Supreme Court 38
- United States Holocaust Memorial Museum 38
- Vietnam Veterans Memorial 39
- Washington Monument 39
- White House 36
White Mountains 9
Williamsburg 58

Yale University 68

Personenregister

Armstrong, Louis 18, 50

Bartholdi, Frédéric Auguste 28
Beatles 76
Beecher-Stowe, Harriet 17

Cabbot, John 14
Calder, Alexander 44, 65
Capone, Al 42
Chagall, Marc 44
Chrysler, Walter R. 32
Clinton, Bill 15
Cole, Thomas 20
Copley, John Singleton 20

Davis, Jefferson 57, 84, 90
Dos Passos, John 18
Dreiser, Theodore 17

Emerson, Ralph Waldo 17
Emery Roth & Sons 16

Faulkner, William 18
Fitzgerald, Francis Scott 18
Ford, Henry 78
Franklin, Benjamin 54

Gilbert, Cass 38
Gordy Jr., Berry 19, 78

Handy, William C. 85
Hawthorne, Nathaniel 17
Hemingway, Ernest 18
Henri, Robert 20
Hopper, Edward 20
Hudson, Henry 28

Irving, Washington 17

Jefferson, Thomas 17
Jolliet, Louis 42

Kennedy, John F. 15, 40
Kennedy, Robert 40
Keyes, Frances Parkinson 51
King Jr., Martin Luther 15, 17, 85, 89, 90
Ku-Klux-Klan 15

La Salle, René Robert Cavalier de 48
Le Baron Jenny, William 16
L'Enfant, Pierre Charles 36
Lichtenstein, Roy 20
Lincoln, Abraham 15, 39, 79, 80
Lloyd Wright, Frank 16, 34, 47

Mark Twain 17
Marquette, Jacques 42
Matisse, Henri 33
Melville, Herman 17

Mies van der Rohe, Ludwig 16, 47
Miller, Glenn 18, 88
Minuit, Peter 28
Mitchell, Margaret 18, 89, 90
Moore, Henry 44, 65
Morrison, Toni 18

O'Neill, Eugene 18
Oldenburg, Claes 20
Olmsted, Frederick Law 33

Paine, Thomas 17
Parks, Rosa 90
Pei, Ieoh Ming 16, 38, 76
Picasso, Pablo 44, 68, 76
Poe, Edgar Allen 17, 57
Ponce de León, Juan 14, 60
Presley, Elvis 18, 76, 84, 85, 86

Rhodes, Charlie 64

Rockefeller Jr., John D. 32, 58
Rolling Stones 76

Salinger, Jerome David 18
Shaker 73
Skidmore, Owings & Merrill 16, 47
Smithson, James 38
Stein, Gertrude 18
Stuart, Gilbert 20
Stuyvesant, Peter 28
Sullivan, Louis H. 16, 44
Supremes 19

Thoreau, Henry David 17
Troup, Bobby 79

Updike, John 18

Vaux, Calvert 33

Walker, Alice 18
Warhol, Andy 20, 65
Washington, George 14, 20, 36, 54, 70
Whitman, Walt 17
Williams, Hank 19
Williams, Tennessee 18
Wonder, Stevie 19

Yamasaki, Minuro 16